浮雲心霊奇譚
妖刀の理

神永　学

集英社文庫

浮雲心霊奇譚

妖刀の理

目次

辻斬の理

UKIKUMO
SHINREI-KITAN
YOUTOU NO KOTOWARI
BY MANABU KAMINAGA

本文デザイン……………坂野公一（welle design）
イラストレーション……アオジマイコ

浮雲心霊奇譚
妖刀(ようとう)の理(ことわり)

◉登場人物

浮雲（うきくも）……廃墟（はいきょ）となった神社に棲（す）み着く、赤眼（せきがん）の〝憑（つ）きもの落とし〟。

八十八（やそはち）……古くから続く呉服屋の息子。絵師を目指している。

萩原伊織（はぎわらいおり）……武家の娘。可憐（かれん）な少女ながら、剣術をたしなんでいる。

玉藻（たまも）……色街の情報に通じる、妖艶な女。

土方歳三（ひじかたとしぞう）……薬の行商。剣の腕も相当に立つ、謎の男。

狩野遊山（かのうゆうざん）……絵師にして呪術師。

妖刀の理

UKIKUMO
SHINREI-KITAN
YOUTOU NO KOTOWARI

序

暗い夜だった――。

厚い雲が月を覆い隠し、提灯(ちょうちん)の灯(あか)りがなければ、足許(あしもと)すら見えないほどだ。

萩原伊織(はぎわらいおり)は、暗闇から逃げるように家路を急いでいた。

「強がっていても、夜道は恐ろしいか？」

提灯を持って隣を歩く、兄の新太郎(しんたろう)が茶化したような口調で言った。

「怖くなどありません」

伊織が憤然として言うと、新太郎はこの暗がりに似合わぬ、明るい笑みを浮かべた。

「以前は、一人で厠(かわや)にも行けなかったではないか。幽霊が怖いと、よく泣いていた」

確かにそういうことはあったが、それは伊織が幼子(おさなご)であった時分のことだ。

「私は、もう子どもではありません」

「そうだったな。真に恐ろしいのは、幽霊などより人の方だな」

新太郎が、感慨深げに言う。

伊織も、それには同感だった。浦賀に黒船が来航してからというもの、攘夷だなんだと何かと物騒だ。

そればかりか、今歩いている玉川上水沿いで、辻斬が出たという話も聞いた。

「用心しなければなりませんね」

「そうだな。しかし、相手が人であるなら、伊織がいれば安心だ」

新太郎は、肩をすくめるようにして言った。

「自分の身は、自分で守って下さい。こんな恰好では、逃げるだけで精一杯です」

確かに伊織は剣術をたしなんでいるが、今は娘らしい着物姿の上に丸腰だ。自由に動けるわけではない。

それに、仮にも武家の嫡男である新太郎が、妹に守ってもらおうなど、冗談にしても笑えない。

「そういえば……」

新太郎が、言いかけた言葉を呑み込み、はたと足を止めた。

「どうしました？」

伊織が訊ねると、新太郎は何かを察したのか、辺りを見回す。

「今、誰かの声がした気がするのだが……」

新太郎がぽつりと言う。

「人の声ですか？」

伊織も耳を澄ましてみる。

しん――っと静まり返っていて、人の声など耳に入って来ない。勘違いではないかと伝えようとしたところで「ぎゃぁ！」と耳をつんざくような悲鳴が響き渡った。

伊織は、新太郎と顔を見合わせる。

あの叫びは、ただごとではない。伊織は、新太郎と頷（うなず）き合うと、悲鳴の聞こえた方に駆け出した。

四つ角にある古びた家屋の前まで来たところで、思わず足を止めた――。

そこには、稽古着姿の男が、仰向（あおむ）けに倒れていた。

「如何（いかが）されましたか？　しっかりして下さい！」

伊織は、慌てて男に駆け寄った。

左の肩口のあたりを、ばっさりと斬られていて、夥（おびただ）しい量の血が噴き出し、地面に黒い血溜（ちだ）まりを作っていた。

顔色が青く、唇も紫に変色している。だが、まだ息はあった。

伊織は手拭いを取り出し、男の傷を塞ぐように押し当てるが、なかなか血は止まらない。

「つじ……き……」

男は、掠(かす)れた声でそう言ったあと、「うっ……」と唸(うな)った。そして、それきり動かなくなった。

騒ぎを聞きつけたのか、家屋の戸が開き、若い男と女が顔を出した。

「何ごとですか？」

男の方が訊ねて来た。

ごつごつとした体格で、見上げるような長身の男だった。だが、その体軀(たいく)に反して、もぞもぞと喋(しゃべ)る。

「人が斬られたようです……」

新太郎が告げる。

「もしかして……」

女の方が呟(つぶや)くように言った。

つるんとした瓜実顔(うりざね)で、切れ長の目をした綺麗(きれい)な女だった。

女は、ずいっと歩みを進めて、倒れている男の顔を覗(のぞ)き込んだ。その途端、顔からみるみる血の気(け)が引いていく。

「兄上！」

女は叫び声を上げると、伊織を押し退け、倒れている男にすがりついた。

どうやら、斬られた男は、この女の兄だったらしい。

「兄上……なぜ、このような……」

女は、男の胸に顔を埋めると、肩を震わせながら泣いた。

伊織も新太郎も、ただ黙ってその姿を見つめていることしかできなかった。最初に声をかけて来た男は、俯きぶつぶつと何ごとかを口にしている。

いったい何を言っているのか——訊ねようとしたところで、武士らしき男が駆け寄って来た。

「お梅さん！」

その男が女に声をかける。

「辻岡様。兄上が……」

女は、わずかに顔を上げ、か細い声で告げた。

その途端、辻岡と呼ばれた男の顔が、みるみる紅潮し、憤怒の表情に変わっていく。

そして、怒りに満ちた視線を伊織と新太郎に向ける。

「私どもが悲鳴を聞き、駆けつけたときにはもう……」

新太郎がそう告げると、辻岡は視線を足許に落とした。

「己——辻斬の仕業だな！」

辻岡は、ぎりぎりと奥歯を嚙み締め、吐き捨てるように言った。

闇夜に女のすすり泣く声が響く中、伊織は背中に刺すような視線を感じ、はっと振り返った。

そこには、いつの間にかもう一人男が立っていた——。

齢、五十になろうかという老人だった。

鼠色の着物を着流し、解けた髪が肩にかかっていた。

げっそりと痩せ、皺だらけで、生きているとは思えぬほど青い顔色をしていた。まるで、墓場から這い出してきた死人のようだ。

そのくせ、落ち窪んだ眼窩から覗く目は、血走り、殺気に満ち満ちていた。

——もしかして、この男が辻斬？

そう思うのと同時に、伊織は背筋が凍りついて動けなくなった。

立ち合っても勝ち目はない。理屈ではなく、心がそう悟った。それほどまでに、圧倒的で、異様な空気を纏った男だった。

——斬られる。

そう思った刹那、ぽんと肩を叩かれた。新太郎だった。

「どうした？」

「そこに辻斬が……」

指差したものの、さっきまでそこにいたはずの男は、まるで闇に溶けるように、姿を消していた。

——いったいどういうこと？

伊織は、ただ呆然（ぼうぜん）とすることしかできなかった。

一

「伊織さんが見たのは、幽霊だったのですか？」

話を聞き終えた八十八（やそはち）は、向かいに座る伊織に訊ねた。

廃墟（はいきょ）となった神社の傾きかけた社（やしろ）の中である。

むわっとした熱気が籠（こ）もる、薄暗い社の中ということもあり、余計に怖さが際立っているのかもしれない。

「おそらくは——」

伊織が目を伏せ、膝の上に置いた小さな拳を強く握った。

剣術を嗜（たしな）み、負けん気の強い伊織のことだ。居竦（いすく）んでしまった己自身に対する憤慨も混じっているのだろう。

そんな姿さえ、愛らしく見えてしまうのが、伊織の不思議なところだ。

「つまりは、幽霊が辻斬をやった――ということですね」

「私は、そう思っています」

伊織がこくりと頷いた。

もしそれが本当なら、実に恐ろしい話である。ただ、分からないこともある。

「幽霊が辻斬をするということは、あるのでしょうか？」

八十八は、社の壁に寄りかかるようにして座っている男に訊ねた。

憑きもの落としを生業として、この神社に勝手に棲み着いている男だ。

髷を結わないぼさぼさ頭に、白い着物を着流し、赤い帯を巻いている。肌の色は着物の色よりなお白い。まるで、円山応挙の幽霊画から飛び出して来たような風貌だ。

そして、何より際立つのが、その双眸だ。

男の瞳は、深く鮮やかな赤で染まっている。まるで、血の色のようだ。

男の名は浮雲という。

本当の名ではない。訊いても教えてくれないので、八十八がそう呼んでいるだけだ。

浮雲とは、ある事件をきっかけに知り合い、それ以来、何かと縁があり、様々な幽霊がらみの事件を共に体験してきた。

目の前の伊織と知り合ったのも、幽霊がらみの事件がきっかけだった。そうでなければ、呉服屋の倅である八十八と、武家の娘である伊織が知り合うことなどまずあり得ない。

返答を待っていたのだが、いつまで経っても、浮雲は口を開かない。

「あの……幽霊が辻斬をしますか？」

八十八が、もう一度訊ねると、浮雲はこれみよがしにため息を吐いた。

「知らねぇよ」

浮雲は、低くよく通る声でぶっきらぼうに答える。

「無責任なことを言わないで下さい」

八十八が文句を言うと、浮雲が舌打ちを返して来た。

「何が無責任だ。他人の根城に上がり込んで、手前勝手に心霊話をしたのは、どこのどいつだ？」

浮雲が、赤い双眸でぎろりと睨んで来た。

その迫力に気圧され、八十八は思わず息を呑んだ。しかし、ここで尻込みするわけにはいかない。

「浮雲さんは、憑きもの落としが生業なのですよね。でしたら、これは仕事の話です」

「阿呆が」

浮雲は、嘲るように言ったあと、手元の瓢の酒を盃に注ぎ、ぐいっと一気に呑み干した。

「何が阿呆なのですか？　私は真っ当なことを言っています」

「どこが真っ当だよ。金が入らなきゃ仕事とは言わねぇんだよ」

まさにその通りだ。

おまけに、浮雲は守銭奴だ。善意で人を助けるような男ではない。

「しかし……」

「やったのが、人だろうが幽霊だろうが、辻斬なんぞは、町奉行所に任せておけばいいんだよ」

浮雲が、八十八の言葉を打ち消した。

「それはそうかもしれませんが、罪もない人が、斬られているんですよ。放っておくことはできませんよ」

八十八が言いたてると、浮雲は苛立たしげに瓢をドンッと床に置いた。

「そんなものは、おれの知ったこっちゃねぇ」

「もし、幽霊の仕業だったとしたら、次の犠牲者が出てしまいます。何とかしたいとは、思いませんか？」

「思わねぇな」

浮雲は、大きなあくびをすると、腕を枕に床の上に横になり、目を閉じてしまった。

どうやら、このまま眠ってしまうつもりらしい。

こうなってしまったら、梃子でも動かないだろう。浮雲は、そういう男だ。

「あの……」

口を挟んだのは、伊織だった。

「お金でしたら、私どもでご用意させて頂きます」

伊織が口にすると、浮雲が「ほう」と言いながら目を開けた。

「なぜ、伊織さんが払うのです？」

八十八は首を傾げた。

「実は、話にはまだ続きがあるのです――」

「続き――ですか？」

八十八は、妙な胸騒ぎを覚えた。

「はい。私も辻斬だけでしたら、奉行所に任せておけばよいことだと思います。あの場に現われた幽霊らしき男も、ただの見間違いだろうと気にも留めなかったと思うのですが――」

伊織は、そこまで言うと視線を浮雲に向けた。興味を惹かれたのか、浮雲はガリガリと頭をかきながら、身体を起こした。

それを見届けてから、伊織は話を続ける。

「辻斬を見た翌日の晩、私はなかなか寝付けませんでした。目を閉じているのですが、一向に眠気が訪れないのです。そうこうしていると――」

伊織の語り口は、その綺麗な声音(こわね)に反して、妙におどろおどろしく聞こえる。

八十八は、ごくりと喉を鳴らして唾を飲み込み、次の言葉を待つ。

「誰かがいる気配がしたんです。目を開けると、障子の向こうに、黒い影が見えました」

「影――ですか？」

八十八は、震える声で訊ねる。

「はい。その影は、すっと廊下を進んで行くのです。こんな時間に誰だろう――と起き上がって廊下に出ました」

伊織の話に寒気を覚える八十八とは反対に、浮雲はいかにも退屈そうにあくびをしながら、瓢の酒を盃に注いでいる。

「誰かいたのですか？」

八十八は、先を促した。

「鼠色の着物を着た武士でした」

「それは、もしかして！」

八十八が腰を浮かせると、伊織が大きく頷いた。

「おそらく、あの晩に見た辻斬です」

「何と！」

「私があとを追いかけようとすると、その男は兄上の部屋に入って行ったんです。どういうことだろうと、兄上の部屋の障子を開けました」

そこまで言ったところで、伊織は下唇を噛んで俯いた。

少し青ざめた顔を見て、八十八の中で不安がみるみる膨らんで行く。八十八は、汗ばんだ拳を握りながら、先を促した。

「その男は、刀を手にして、眠っている兄上を見下ろしていたのです」

「なっ」

「私は、兄上を助けようと、男に打ちかかろうとしました。ですが、それより先に、男はすっと消えてしまったんです」

「それは、恐ろしいですね」

八十八は、ため息を吐きながら言った。

それとは対照的に、浮雲は何がおかしいのか、ふんっと鼻を鳴らして笑うと、盃の酒をぐいっと呑み干した。

「寝ぼけただけだろう。放っておけばいい」

浮雲が着物の袖で口許を拭いながら言うと、伊織は首を左右に振った。

「それ一度きりなら、私も気に留めません。ですが、そういうことが何度も続いたのです」

伊織の声が深く沈んだ。

「何度も？　それはぞっとしますね」

八十八が口にすると、伊織はこくりと頷いた。

「幽霊が屋敷の中をうろうろしてるくらいで、がたがた騒ぐな」

浮雲が吐き捨てる。

「くらいって——家の中をうろうろしていたら、驚きもします」

八十八が反論すると、浮雲は舌打ちをした。

「阿呆が」

「どうしてそうなるのです？」

「お前らに見えていないだけで、幽霊なんてそこらじゅうに、うじゃうじゃといるんだよ」

浮雲の言葉が、八十八の胸に哀しく響いた。

自分たちとは違い、浮雲は常に幽霊が見えている。家の中を幽霊がうろつくなど、当たり前のことなのだろう。

飄々としているからこちらは気付かないが、浮雲は今まで、そういったものを見続けて来たのだ。

もしかしたら、常に酒を呑んでいるのも、気を紛らわすためかもしれない。

「すみません」

八十八が詫(わ)びると、浮雲はいかにも嫌そうな顔をした。

「八(はち)のそういうところが、苛々(いらいら)するんだ」

「なぜです？　私はただ……」

「もういい。そんなことより、話が途中だったんじゃねぇのか？」

浮雲が瓢の酒を盃に注ぎながら先を促す。伊織は、「そうでしたね――」と頷いてから話を続けた。

「それからというもの、兄上の様子が、少しおかしいのです」

「おかしいとは？」

八十八が訊ねると、伊織は深呼吸をしてから口を開く。

「昼間は何事もないのです。でも、夜になると、いつの間にか部屋からいなくなっていることがあるのです」

「何か用事があって出かけたのでは？」

「私も、それを疑って、兄上に訊ねたのですが、どこにも行っていない――と」

「それは変ですね」

「はい。何より、部屋を抜け出しているときは、刀を持ち出しているようなのです」

「刀を——ですか」

「ええ。昨晩も、兄上がいつの間にか部屋からいなくなっていました。散々捜したのですが見つかりませんでした」

「それで、新太郎さんは？」

「朝になると、部屋に戻っていたのですが……どうやら、昨晩、辻斬が出たらしいのです」

なるほど——と合点がいった。

伊織は、兄の新太郎が幽霊に憑かれて、辻斬になってしまったのではないかと心配しているらしい。

「どうか兄上を救って下さい！　お願いします！」

伊織は両手を床に突き、こすりつけるように頭を下げた——。

武家の娘が、町人である自分たちに、こうまでして懇願する。兄を想い、案ずる伊織の気持ちが、ひしひしと伝わってきた。

見ていて痛々しい。

伊織とて、兄が辻斬をしたなど、信じたくはないだろう。しかし、そういうときに限って、悪い考えが浮かんでしまうのが人というものだ。

「伊織さん。頭を上げて下さい」

八十八が声をかけても、伊織は頭を上げようとはしなかった。

「まだ、新太郎さんが辻斬と決まったわけではありません」

八十八が、再び声をかけると、伊織が「でも……」と震える声で言った。

「安心して下さい。浮雲さんが何とかしてくれます」

八十八が口にすると、浮雲が聞こえよがしに舌打ちをした。

二

「まったく。面倒なことに巻き込みやがって」

八十八の隣を歩いている浮雲が、ぼやくように口にした。

両眼（りょうめ）に赤い布を巻いて自らの赤い双眸を隠し、金剛杖（こんごうづえ）を突いて盲人のふりをしている。

八十八などは、浮雲の赤い眼を美しいと思うのだが、世間はそうは思わないというのが浮雲の考えだ。

恐れられ、気味悪がられるのを嫌い、赤い布で隠しているのだが、その布には墨で眼が描かれている。

その方が、余計に気味悪がられると思うのだが、浮雲は気にしていないようだ。

これが物事の見方の違いというものかもしれない。

「そんなこと言わずに、伊織さんを助けてあげて下さい」

八十八は、少し前を歩く伊織の背中に目を向けた。

元々小柄ではあるが、今日はより一層、小さくなっているように思う。

「武家の娘なんぞに入れ込むと、あとで痛い目に遭うぞ」

浮雲が、厭みっぽく言った。

「どういう意味です？」

「惚れているのだろう？」

「私のような町人が、惚れていい相手ではありませんよ」

八十八は、ため息混じりに言った。

伊織は武家の娘だ。呉服屋の倅である八十八とでは、身分が違い過ぎて色恋の話になどなり得ない。

「前にも言っただろ。床に入っちまえば身分も何もねぇ。ただの男と女だ」

浮雲の口許に、淫靡な笑みが浮かんだ。

色を好む浮雲のことだ。どうせまた、淫らな妄想でもしているのだろう。

「よく言いますね。さっき、武家の娘に入れ込むと、痛い目に遭うと言ったのは、浮雲さんじゃないですか」

「言うようになったじゃねぇか」

浮雲は、ふんっと鼻を鳴らして笑った。

「それより、今回の一件、どう考えますか？」

八十八は、一番気になっていることを訊ねた。

伊織が心配している通り、新太郎は幽霊にとり憑かれ、辻斬事件を引き起こしているのだろうか？

「今ここで、あれこれ考えても何も始まらない。まずは、見てからだ」

確かにその通りかもしれない。

何も分からないうちから、色々と考えても始まらない。伊織が寝ぼけていただけ――ということも充分に考えられるのだ。

「そうですね」

「そんなにせっかちだと、床入りのときに恥をかくぜ」

浮雲が、またにやりと笑った。

「どうして、すぐそういう話になるのです？」

「どうしても、こうしてもあるか。楽しいからに決まってるだろ。お前だって、あの小娘のあられもない姿を思い浮かべるだろうが」

「浮かべません！」

「どうかされましたか？」

思ったより大きな声を出してしまったせいで、伊織が振り返った。

「い、いえ……何でもありません」

八十八は、苦笑いを浮かべながら誤魔化すことしかできなかった。

顔から火が出る。どこから聞かれていたのだろうか——今さらのように気になったが、聞き返すことなどできるはずもない。

浮雲は、何がおかしいのか、声を押し殺して笑っている。

腹は立つが、反論すれば何倍にもなって返って来るだろう。八十八はため息とともに言葉を呑み込んだ。

それからは、浮雲に声をかけられても無視を決め込み、伊織に続いて歩みを進めた。

萩原家の門を潜り、廊下を進んで新太郎の部屋の前まで来た。

「兄上。失礼します」

伊織が一声かけてから障子を開ける。

中で書物を読んでいたらしい新太郎が、ゆっくりと顔を上げた。

「八十八さんに、浮雲さん。先日は、どうも——」

新太郎は、いつもと変わらぬ朗らかな笑みを浮かべてみせた。

伊織の話から、幽霊に憑かれて床に臥せっていると思っていただけに、何だか拍子抜けしてしまう。

しかし、よくよく伊織の話を思い返してみれば、昼間は何も変わりないと言っていた。

「わざわざお越し頂いてすみません。私は、平気だと言ったのですが、伊織がどうしてもと譲らないもので」

「いえ。お気になさらないで下さい」

八十八は硬い笑みを浮かべながら言った。

あまりにあっけらかんとしている。構えていた分、調子が狂ってしまう。

新太郎に促され、八十八は部屋に入り、しゃんと背筋を伸ばして座った。伊織も、かしこまった様子で腰を下ろす。

浮雲は片膝を立て、壁に寄りかかるようにして座ると、さっそく腰に提げた瓢（ひさご）の酒を盃に注いだ。

呆（あき）れて言葉もない。

相手が新太郎と伊織だからいいものの、他の武家の前でこんな態度を取ったら、斬られても仕方ない。

「いかがでしょう？　私には、何かとり憑いていますか？」

落ち着いたところで、新太郎が切り出した。

自分のことであるにもかかわらず、その口調があまりに明るいので、他人事（ひとごと）のように聞こえてしまう。

八十八は、浮雲に目をやった。

浮雲は、尖った顎を撫でながら難しい顔をしている。

「あの……私には、とても幽霊が憑いているようには見えませんが……」

いつまで経っても、浮雲が何も言わないので、八十八は自らの考えを口にした。

八十八の姉であるお小夜が幽霊にとり憑かれたときは、今の新太郎のように颯爽とはしていなかった。

食事も摂らず、終始支離滅裂なことを口走り、お小夜であってお小夜でない——そんな感じだった。

「私も、そう思います。伊織の勘違いではないか——と」

新太郎が同意の声を上げるが、伊織は納得できない様子でむっとした顔をする。

「しかし、兄上。私は見たのです。それに兄上は、夜、どこに行っているのか、覚えていらっしゃらないのでしょう?」

伊織が詰め寄ると、新太郎は「うーん」と唸った。

「覚えていないのは確かだ。しかし、本当に私は屋敷を抜け出したのか?」

「はい。突然、部屋からいなくなったのです」

「しかし、それが幽霊の仕業かどうかは、定かではないであろう」

このまま、伊織と新太郎で言い合っていても埒が明かない。八十八は、改めて浮雲に目を向けた。

「どうなのですか？　新太郎さんには、幽霊が憑いているのですか？」

「今、見たところでは、憑いてはいないようだ――」

浮雲は、小さく息を吐きながら言った。

「それは良かった」

八十八は、安堵の声を上げる。

「伊織の勘違いであったようだな」

新太郎も笑みを浮かべるが、やはり伊織だけは不服そうだ。

「でも……」

言いかけた伊織を遮ったのは浮雲だった。

「まだ、決めつけるのは早い」

「え？」

「あくまで、今は――ということだ」

浮雲がぶっきらぼうに言う。

「憑いたり離れたりすることがあるのですか？」

八十八が訊ねると、浮雲は腕組みをして大きく頷いた。

「そういうこともある。とにかく、決めつけてしまうのは早い。夜まで様子を見させてもらうぞ」

その意見には、八十八も賛成だった。このまま放置しては寝覚めが悪い。新太郎はともかく、伊織も納得できないだろう。

「よろしくお願いします」

伊織が丁寧に頭を下げた。

「それと、最初の辻斬のことについて、詳しく聞きたい――」

浮雲は新太郎に顔を向けた。

布に描かれた眼が、異様な光を宿しているようだった。

「ええ。構いません。いくらでもお話しします」

新太郎は笑顔で応じると、そのときの状況や、斬られた男の素性などについて、仔細にわたって語り始めた。

伊織たちは、萩原家の当主である正之介の使いに出た帰り道だったらしい。

斬られたのは、谷屋左門という男で、心外流という剣術の流派の師範代を務める男だった。あろうことか、現場は自分の道場の目の前だった。

道場から出て来たのは、左門の妹のお梅と、心外流の内弟子で、山口という男らしい。

あとから駆けつけたのは、門人の辻岡という男だ。

もしかしたら、帰って来るのを待ち伏せされていたのかもしれない。

左の肩口あたりに大きな傷があったので、袈裟懸けに斬られていたようだ。

左門は刀を抜いた形跡がなかった。不意打ちにあったか、或いは、抜く間もなく斬り捨てられたか——だ。

新太郎は、自らの考えを交えながら、丁寧に説明をしてくれた。現場に立ち会っていない八十八にも、非常に分かり易いものだった。

浮雲も、珍しく何も言わずに、新太郎の話を聞いていた。

あまりに何も言わないので、布で眼を隠しているのをいいことに、眠ってしまったのではと思うほどだった。

「それで、昨晩出たという辻斬の方は、どうなんだ？」

話が一区切りついたところで、浮雲が訊ねた。

「まだ、詳しいことまでは存じませんが、男が斬り殺されたと聞いています」

伊織が、重苦しい口調で言った。

そうなるのも当然だ。もし、伊織の勘が正しいのであれば、その男を斬り殺したのは、新太郎かもしれないのだ。

そんなことは、できれば認めたくないだろう。

「殺されたのは武士か？」

浮雲が、布に描かれた眼を、真っ直ぐに伊織に向ける。

「いえ。武士ではなく、町人のようです」

「ふむ。この一件、思ったより厄介かもしれん――」

浮雲は、尖った顎に手を当てて、独り言のように言った。

何がどう厄介なのか、八十八にはまるで分からなかったが、酷く嫌なことが起こるような気がしてならなかった。

三

「美しい――」

八十八は、庭で木刀を振るっている伊織の姿を見て、思わず声を漏らした。

黙々と振り下ろされる木刀の動きは、素早く、力強く、そして雅な美しさを放っているようだった。

着物姿もいいが、やはり伊織は袴姿の方が似合う。

単純な見た目の華やぎや、艶やかさだけではなく、内面の美しさをより体現しているような気がする。

「やっぱり、惚れてんじゃねぇか」

部屋の壁に寄りかかるように座っている浮雲が、盃の酒を揺らしながら言った。

「そんなんじゃありません」

八十八は、火が出るほど顔を赤くしながらも否定する。

「じゃあ、どんなんだ？」

「私はただ……その、月です。月が美しいと思っただけです」

「月なんか出ていねぇじゃねぇか」

浮雲は、嘲るように笑うと、盃の酒をぐいっと呑み干した。

視線を上げると、浮雲の言う通り、厚い雲に覆い隠されて、月の姿を見ることはできなかった。

いてもたってもいられないほど恥ずかしかったが、ここで狼狽えては、余計にみっともない。

「雲の向こうにある月を、思い描いたのです」

「屁理屈を――」

浮雲は吐き出すように言うと、瓢の酒を盃に注ぐ。

本当によく呑む。さっきから延々と呑んでいるが、一向に顔が赤くなることはないし、酔いを微塵も感じさせないのが浮雲の凄いところだ。

「そんなことより、なぜ辻斬などするのでしょうね」

八十八は、話を逸らすように訊ねてみた。

闇夜に乗じて、問答無用に斬りつけるのが辻斬だ。しかし、なぜそんなことをするのか、八十八には皆目見当がつかない。

「辻斬の理由は、大きく分けて二つだ――」

浮雲が、呟くように言った。

「二つ？」

「一つは、試し斬りだ」

「刀の――ですか？」

「他に何がある」

「それは、そうですが……」

「手に入れた名刀も、眠らせていたら宝の持ち腐れだ。その切れ味がいかほどのものか、試してみたくなるんだよ」

「巻き藁ではだめなのですか？」

竹を芯にして藁を巻いたもので、刀の試し斬りをすると聞いたことがある。

「本物でなけりゃ、満足できねぇから、人を斬ってんだろうよ」

「そんな……」

それでは、あまりに傍若無人と言わざるを得ない。

理由があれば、斬っていいというものではないが、切れ味を確かめるためだけに命をとられたとあっては、それこそ浮かばれない。

「もう一つは、憂さ晴らしさ。金品目当てって奴もいるけどな――」

「憂さ晴らしで命を奪われたら、たまったものじゃありません！　何でそんなことをするんですか？」

八十八は、身を乗り出すようにして浮雲に詰め寄った。

浮雲は、露骨に嫌な顔をすると、再び盃に酒を注ぎ、ぐいっと呷った。

「おれに言うんじゃねぇよ」

「しかし……」

「試し斬りだろうが、憂さ晴らしだろうが、武士にとっちゃ百姓町人の命なんてのは、虫けら同然なんだよ」

浮雲は、苦々しい口調で言い放った。

そういえば、以前に浮雲は武家が嫌いだと口にしていた。その理由の一端を垣間見たような気がした。

「しかし、全ての武士がそうだというわけではありません」

少なくとも、伊織や新太郎は、自分たちのことを虫けらだ――などとは思っていないはずだ。

「そんなことは、おれにも分かってる。だがな、百姓町人は辻斬なんてしねぇ。それが、理なんだよ——」

認めたくはないが、浮雲の言う通りだ。

武士の全てが悪いわけではないが、少なくとも、辻斬は武士のやることだ。百姓や町人は、武士を斬りつけたりしない。

「平穏に過ごすことはできないのでしょうか？」

「平穏な世の中だからこそ——だ」

「へ？」

「戦のない、今の世だからこそ、辻斬なんぞが横行するのかもしれんな」

「どういう意味です？」

「戦があれば、刀の試し斬りなんぞする必要はねぇ。憂さだって、戦場で晴らせばいい」

確かにそういう見方もあるのかもしれない。

「それも、理ですか？」

「まあ、そんなところだ。何にしても、平穏だろうが、乱世だろうが、犠牲になるのは、いつも民草ってことさ」

「それが、武家が嫌いな理由ですか……」

言いかけた八十八の言葉を、浮雲が制した。

浮雲から放たれる空気が一変し、辺りに緊張が走る。

「どうしました？」

「嫌な気配がする」

「え？」

「もう、入り込んでいるかもしれねぇな」

浮雲は苛立たしげに言うと、金剛杖を手に取り、すっと立ち上がった。

事態が変化したことを察したらしく、伊織も駆け寄って来た。

「どうかされたのですか？」

訊ねる伊織を無視して、浮雲は新太郎の部屋の前に歩みを進め、一気に障子を開けた。

部屋の中は、蛻（もぬけ）の殻だった——。

「いつの間に……」

驚きの声を上げたのは、伊織だった。

八十八も信じられない思いだった。自分たちは、新太郎の部屋が見える位置にいた。

部屋から外に出るには、障子を開けて廊下に出るしかないはずだった。

それなのに、新太郎は忽然（こつぜん）と姿を消したのだ。

「この部屋には、抜け道があるのか？」

浮雲が訊ねると、伊織は何かを思い出したらしく、「あっ！」と声を上げた。

「抜け道とは、どういうことです？」

「武家屋敷にはな、有事のために、幾つも抜け道があるのさ」

浮雲は、両眼に巻いた布をずり下げ、じっと部屋の中を見回す。やがて、何かに気付いたらしく、押し入れの戸を開けた。

一見すると、何の変哲もない押し入れだが、奥の一角が畳一畳分ほどの大きさの隠し戸になっていた。

「部屋から消えていたって話を聞いたときに、気付くべきだったよ……」

浮雲の言うように、今になって思えば、伊織は新太郎がいつの間にか部屋からいなくなっていたと言っていた。

ものの喩えかと思っていたが、そうではなかったらしい。

「捜しに行きます！」

伊織は、血相を変えて部屋を飛び出して行った。

八十八も、すぐそのあとに続いた。

勢いよく門を飛び出したまでは良かったが、そこで止まってしまった。

辺りを見回してみたが、新太郎の姿はどこにも見えない。どこに行ったのか、見当もつかないので、捜しようがない。

どうしたものか——と困惑しているところに、「ぐがぁ！」という悲鳴が響いた。

八十八は、伊織と顔を見合わせてから、声のした方に向かって駆け出す。

伊織の足は、思いの外(ほか)速かった。最初は、八十八が前を走っていたはずなのに、見る間に追い抜かれ、その背中を追いかけるので精一杯だった。

幾つかの道を曲がり、四谷大木戸(よつやおおきど)の近くまで来たところで、伊織がはたと足を止めた。

八十八が息を切らしながら視線を上げると、道端に二人の人影が見えた。

一人は面長(おもなが)で、とても身体の大きい男。心外流の内弟子、山口だ。

驚いているのか、怯(おび)えているのか、とにかく目を大きく見開き、口をあんぐりと開けている。

そしてもう一人は、襦袢(じゅばん)姿で刀を提げた男——。

「兄上！」

伊織が、叫び声を上げる。

刀を持っていた男が、ゆっくりとこちらに身体を向ける。それに合わせて、月にかかっていた雲が晴れた。

赤味を帯びた月明かりに照らされたのは、紛れもなく新太郎だった——。

その様子は、明らかにおかしかった。目は血走り、口許は大きく歪(ゆが)み、憤怒の表情を浮かべているようだった。

「兄上……なのですか？」

伊織は、その形相が信じられないのか、震える声で訊ねた。

「ふぐぅ……」

新太郎は、喉を鳴らして唸ると、伊織に向かって刀を構えた。

――まさか、伊織を斬ろうというのか！

伊織は木刀を構えたものの、その手は震えていた。怖さ故ではないのだろう。新太郎の変わり果てた姿を見て、動揺しているのだ。

これではいくら伊織でも、到底勝ち目はない。

「兄上……どうか、正気を取り戻して下さい」

涙に濡れた声で訴える伊織だったが、新太郎の耳には届いていないらしい。構えた刀を大きく振り上げた。

――このままでは、伊織が斬られる。

「貸して下さい」

八十八は、伊織から木刀を取り上げ、新太郎に向かって構えた。といっても、剣の心得のない八十八の構えは、ひどく不恰好なものだった。

新太郎の血走った目は、伊織から八十八に向けられた。

引きつけることはできたが、ここからどうしていいのか分からない。迷っているうちに、新太郎が斬りかかって来た。

——殺られる！

そう思った刹那、黒い影が素早く新太郎を突き飛ばした。

地面に倒れた新太郎は、刀を取り落とし、そのまま動かなくなった。

「後先考えずに、出しゃばるんじゃゃねぇ。この阿呆が」

浮雲だった。

赤い双眸で八十八を睨んでいる。

どうやら、浮雲に助けられたらしい。伊織を助けたい一心だったが、浮雲の言うように、無謀な行動だったかもしれない。

「なぜ……こんなことに……」

呆然と立っていた伊織が、崩れるように座り込んでしまった。

八十八は、何と声をかけていいか分からず、縮こまった伊織の姿を、見ていることしかできなかった——。

四

「大変なことになりました——」

八十八は、布団に寝ている新太郎の顔を、項垂れるようにして見つめた。

倒れた新太郎を、馴染み(なじ)の小石川宗典(こいしかわそうてん)の診療所に運んで来た。

今、小石川が、新太郎の診察をしてくれている。夜中に叩き起こされて、小石川は襦袢姿のままだ。

「気を失っているだけだと思います」

一通り診察を終えた小石川が、小さくため息を吐(つ)きながら言った。

「良かった……」

ほっと胸を撫で下ろした八十八だったが、新太郎を挟んで座る伊織の顔は、強張(こわば)ったままだった。

新太郎の身体が無事であったとしても、事件はまだ何も解決していないのだ。

「今日は、このまま寝かせてあげて下さい。明日には、目を覚ますでしょう」

そう言いながら、小石川が立ち上がるのと同時に、すっと戸が開き、浮雲が顔を出した。

「ひっ！」

小石川の顔が、一気に引き攣(つ)る。

そうなる気持ちは、痛いほどに分かる。八十八が伊織と知り合うことになった一件で、小石川は良からぬかたちで事件に関与していた。

そのとき、浮雲に弱みを握られてしまっているのだ。

「おい藪医者」

浮雲が、小石川の肩に手を回す。

「は、はい……」

見ていて可哀想になるくらい、怯えてしまっている。

「妙な薬は飲ませてねぇだろうな」

浮雲の赤い双眸に睨まれ、小石川は今にも泣き出しそうな顔になる。

ここであの一件を持ち出すとは、性質が悪いことこの上ないが、自業自得の部分もあるので、何とも言えない。

「め、滅相もない……私は何も……」

小石川は、激しく首を左右に振る。

「本当か？　これまでに起きた辻斬はどれも、お前の診療所の近くなんだよ。妙だとは思わんか？」

「へ？　わ、私は何も知りませんよ！」

浮雲に怯えているからなのだろうが、その口調のたどたどしさが、何かを隠しているように見えてしまう。

現に伊織は、怪訝な表情でそのやり取りを見守っている。

「浮雲さん。もうその辺で止めてあげた方がいいですよ」

八十八は、小石川があまりに可哀想になり、思わず口を挟んだ。

「まあ、お前みたいな臆病者が、辻斬なんぞにかかわっているわけはねぇか」

浮雲が手を放すと、小石川は逃げるように部屋を飛び出して行った。

「何かあったのですか？」

小石川のあまりの狼狽（ろうばい）ぶりに疑念を持ったのか、伊織が訊ねて来た。

色々とあったのだが、何があったのかを話すわけにはいかない。特に、伊織と新太郎には、口が裂けても言えない。

小石川のしでかしたことは、伊織や新太郎に大いに関係があるからだ。

「そ、それより、新太郎さんは、この先どうなってしまうんでしょう？」

八十八は強引に話題を変えた。

浮雲は、金剛杖を肩に担ぐようにして座ると、長いため息を吐いた。

「見たところ、今は、幽霊はとり憑いていない――」

「では、これで一件落着ですか？」

「阿呆が！」

金剛杖で小突（こづ）かれた。

「痛っ！」

「今日も、昼間は誰も憑いていなかったんだよ。夜になって、とり憑かれたんだ」

「あっ、そうか……」

言われてみればそうである。新太郎が、いつまたとり憑かれるか、分かったものではない。

「なぜ、兄上にとり憑いているのですか？　そして、なぜ辻斬など……」

伊織が浮雲にすがるような視線を向ける。

兄を救おうと必死なのだ。何とかしてやりたいと思うが、八十八には何の力もない。浮雲に頼るしかないのだ。

自分にも、浮雲のように幽霊が見えれば——思いはしたが口には出さなかった。

見えてしまう浮雲は、それによって様々な想いを抱えて生きて来た。それを真っ向から否定するようなものだ。

「問題はそこだ」

浮雲は、金剛杖を床に置くと、瓢（ひさご）の酒を盃に注いだ。

いつもなら、ぐいっと呑み干すところだが、しばし何かを考えるように盃をじっと見つめる。

「今回の一件、どうも妙だ」

しばらくして、浮雲が呟くように言った。

「妙とは？」

「辻斬の目的が分からん」

「目的など、あるのですか?」

「当たり前だ」

「しかし、辻斬は、試し斬りや憂さ晴らしだ——と」

「阿呆が。試し斬りも、憂さ晴らしも、目的のうちだろうが」

言われてみればそうである。

どんなに身勝手な行動であろうと、辻斬をする者たちからしてみれば、それが目的なのだ。

「では、今回は、憂さを晴らしているのではないのですか?」

死んで幽霊になってしまった人にとっては、金や試し斬りなど、無意味なことだ。ならば、憂さ晴らしであろうという考えだ。

八十八が言うと、浮雲が苛立たしげに舌打ちをした。

「何も分かっちゃいねぇ」

「なぜです?」

「幽霊ってのは、すでに死んでいる人間の魂だ」

「はい」

その説明は、浮雲から何度も聞いている。だからこそ——と思ったのだ。

「死人が、生きている奴を斬って、いったいどんな憂さが晴らされる？」

「死んでしまったことで、生きている者全てに憎しみを抱いている——とか？」

八十八が口にすると、浮雲が苦笑いを浮かべた。

「もし、そうだった場合、辻斬を止める術はねぇ」

「あっ！」

確かにその通りだ。

浮雲が幽霊を祓う方法は、除霊の定石とは一線を画している。

経文を唱え印を結び、幽霊を追い払うのではなく、幽霊が彷徨っている原因を見つけ出し、それを取り除くことで霊を祓っているのだ。

もし、辻斬の幽霊が、生きている者全てに憎しみを持ち、彷徨っているのだとしたら、浮雲の出る幕はない。

「腕試し——ということはありませんか？」

重い口調で言ったのは、伊織だった。

「どういうことです？」

「ただの感じでしかありませんが、あの幽霊は、生前、相当に腕の立つ剣士だったと思います。死して尚、その剣の道を極めんとしているのではないでしょうか？」

「なるほど——」

八十八は、伊織の考えに感心して頷いた。

いかにも武家の娘らしい発想だ。

最初に斬られたのは、心外流という道場の師範代だった左門だ。こちらもかなり腕の立つ男だったのだろうか。

八十八には分からないが、剣の腕を追求していれば、そういう男と手合わせしてみたいという考えにもなるのかもしれない。

「まあ、そういう考え方もある。だが、どうも引っかかる」

浮雲が、赤い双眸を細める。

「何がです?」

八十八には、どう辻褄(つじつま)が合わないのか分からない。浮雲は、盃の酒を呑み干し、ふうっと息を吐いてから口を開く。

「さっき、新太郎に斬られそうになっていた男だ」

浮雲が言うと、伊織が「ああ」と納得の声を上げた。

「あの方は、谷屋左門様の剣術道場、心外流の内弟子の山口という方です」

伊織の説明を聞き、八十八はぽんっと手を打った。

「同じ道場で二人も——となると、単なる偶然とは考え難(にく)いというわけですね」

「まあ、そういうことだ。今回の一件、斬られた側に、何かしらの原因があるやもしれん」

浮雲は、口許に笑みを浮かべた。

八十八には、それがひどく淫靡なものに見えた――。

五

八十八は、太陽の照りつける道を歩きながら、しみじみと口にした。

「だから、おれは嫌だったんだよ」

隣を歩く浮雲が、舌打ち混じりに言った。

例の如く、眼の描かれた赤い布で自らの両眼を覆い、金剛杖を突き、盲人のふりをしながら歩いている。

口では、何だかんだと言いながら、最後には放っておけずに、首を突っ込むのが浮雲のいいところだ。

無論、そんなことを口に出したりはしない。言えば、へそを曲げて帰りかねない。浮雲は、そういう男だ。

「新太郎さんは、大丈夫でしょうか？」

「本当に大変なことになりました――」

八十八は、気がかりになっていたことを口にした。

今朝、小石川診療所で新太郎は目を覚ました。色々と訊いてみたのだが、何が起きたのか、本人はまったく覚えていなかった。

元々、身体の丈夫な方ではなかったので、かなり疲弊している感じも見受けられた。

「蔵に閉じ込めておくように言っておいたから平気だろ」

浮雲は、ふんっと鼻を鳴らしながら口にする。

「蔵に閉じ込めるなんて、あんまりではありませんか？」

「阿呆が。野放しにしておいたら、今度こそ人を斬っちまうかもしれんのだぞ」

浮雲が一段低い声で言った。

まさにその通りだ。昨晩は、何とか事なきを得たが、次もそうであるとは限らない。

現に、一昨日の晩に、一人斬られているのだ。

辻斬の幽霊を祓うまで、閉じ込めておくしかないだろう。

「それで、どこに向かっているのですか？」

浮雲に連れ出されて歩いてはいるが、どこに向かおうとしているのか、報されていない。

「来れば分かる」

浮雲は短く言うと、ずんずん歩みを進めて行く。

こういう態度のときは、何を訊いても無駄だということは、これまでの経験で分かっている。

八十八は黙って浮雲に従った。

やがて、四つ角にある古びた道場の前まで来たところで足を止めた。ここまで来れば、八十八にも浮雲の意図が分かった。

心外流という看板が掲げられているのが目に入った。

ちょうど、道場から身体の大きな男が、ぬうっと出て来るところだった。昨晩、斬られそうになっていた男——山口だ。

「おい、お前——」

浮雲は、山口を呼び止める。

「なっ、何でしょう？」

男は身体に似つかわしくない、弱々しい声を上げた。

「辻斬の件で、少しばかり話が聞きたい」

浮雲が言うなり、山口の顔から、みるみる血の気が引いていく。昨晩のことを思い出したのかもしれない。

「わ、私は、何も存じ上げません」

山口は、道場の中に戻ろうとしたが、浮雲がそれを許さなかった。

金剛杖で山口を押し留めると、布に描かれた眼で、じっと睨み付ける。絵であるにもかかわらず、その眼には人を威圧する迫力があるから不思議だ。

山口は、ごくりと喉を鳴らして息を呑んだ。

「惚けるのは止せ。何か知ってるって顔をしているぞ」

浮雲が、山口の耳許に顔を近付ける。

「ほ、本当に何も知りません……」

「お話があるのでしたら、私が伺います――」

女の声がした。

見ると、そこには一人の女が立っていた。凛とした佇まいで、切れ長の目が印象的な綺麗な女だった。

「あんたは？」

浮雲が問うと「梅と申します」と女が言った。

伊織の話にもあった、辻斬に斬られた左門の妹であるらしい。話に違わず美しい。

お梅の案内で、道場の奥にある部屋に通された。

剣術の道場とは、もっと活気があるものとばかり思っていたが、しんっと静まり返り、陰湿な空気が籠もっていた。

「それで、お話とは何でしょう？」

お梅は、かしこまった口調で切り出した。

向かい合って改めて見ると、お梅は顔色も悪く、酷く疲れているようだった。兄が死んだばかりだ。無理からぬことだろう。

「さっきも言った。辻斬の一件だ」

あぐらをかき、腕組みをしながら浮雲が言った。

「お話しできることは、何もありません。外の騒ぎを聞き、慌てて表に出たら、兄はもう……」

お梅は小さく首を振ると、指先で目頭の涙を拭った。

気丈に振る舞いながら、必死に堪(こら)える姿を見て、伊織を連想した。きっと、今の伊織も辛(つら)さを口に出さずに耐え忍んでいるのだろう。

「あんたの兄、左門は、誰かに恨まれるようなことはなかったか？」

浮雲の容赦のない問いが飛んだ。

「どういう意味でしょう？」

「言葉のままだ。誰かに、恨まれたり、疎(うと)まれたりはしていなかったか？」

「今回の一件は、辻斬ではないのですか？」

「そうかもしれんし、そうではないかもしれん――同じ道場で、二人も狙われたのだから、単なる偶然とも言い切れん」

「二人――とは？」

お梅が小首を傾げた。

「聞いていないのか？」

「何をです？」

惚けているのかと思ったが、お梅は何も知らないらしい。

山口は、なぜ、昨晩のことをお梅に話さなかったのだろう？　話す機会がなかったという単純なことではなさそうだ。

「聞いていないのなら、それでいい」

そのことを、もっと追及するのかと思ったが、浮雲はあっさりと退き下がる。

八十八は「いいのですか？」と小声で浮雲に訊ねる。浮雲は何も答えず、尖った顎に手を当てながら、意味深長な笑みを浮かべた。

いったい何を考えているのか――八十八には、浮雲の心の内が、どうにも分からない。

「とにかく、兄は、誰かに恨まれたりするような人ではありませんでした。一年前に父が病に倒れてから、この道場を、心外流を守り続けて来たのです」

お梅は一息に言うと、洟をすすった。

苦労したのは、何も左門だけではないだろう。お梅も、相当に大変な思いをしたはずだが、それをおくびにも出さない。

「守り続けてきたわりには、この道場、あまり繁盛しているようには思えんが……」

浮雲は、じっくりと部屋を見回しながら言った。

失礼極まりない言いようだ。さすがに、八十八が止めに入ろうとしたが、それより先にお梅が口を開いた。

「仰る通り、父が死んでからは、門下生もめっきり減りました」

お梅は、膝の上に置いた拳を強く握った。

「そのようだな」

浮雲は、静まり返った室内をぐるりと見回しながら言った。

「心外流は、父が心血を注いで作り上げた流派です。それが、たった一代で消え去ってしまうのは、とても心苦しく思います」

「あんたは、やらんのか？」

浮雲は、素振りをする仕草をしてみせる。

お梅は小さく笑うと、力なく首を左右に振った。

「私は、女ですから――」

八十八は、その言葉に違和感を覚えた。

かつての八十八なら、何とも思わなかったかもしれない。だが、伊織を見ている八十八からしてみると、どうにも腑に落ちない。

「女でも、剣術を極めようとしている人はいます」

ついつい口に出してしまった。

お梅の顔が、目に見えて歪んだ。そこに込められていたのは、哀しみや、苦しみではなく、怒りに見えた。

「詭弁です。女が師範を務めるような道場に、いったい誰が通うのですか？」

お梅の声は、今までにないくらいに硬かった。

「それは……」

八十八は言葉を詰まらせた。

伊織のように、一人で剣を極めることと、道場を切り盛りすることは違う。

お梅の言うように、女が師範を務める道場に通おうと思う者は、まずいないと言っていいだろう。

「これから、この道場は、どうするつもりだ？」

話を切り替えるように浮雲が言った。お梅の顔がより一層、硬くなったような気がした。

「まだ、決めてはおりませんが、閉めざるを得ないかもしれません」

「そんな……」

辻斬が落とした影を感じ、八十八は思わず口にした。

「兄が存命であったとしても、どうにもならなかったでしょうから……」

お梅が、言い終わるか否かのところで戸が開き、一人の男が部屋に入って来た。

腰に刀を差し、武士の恰好をしている。年齢の頃は、二十代半ばくらい。目つきが鋭く、いかにも――といった感じだ。

「お主らは、どこの誰だ？　ここで、何をしておる？」

端から責めるような口調で男が言った。

「人に名を訊ねるときは、己から名乗れ。阿呆が」

浮雲は、男の登場にも動じることなく、布に描かれた眼でじろりと睨む。

男は、浮雲の異様な風体に気圧されたのか、一瞬だけ表情を硬くするが、すぐに気を取り直した。

「拙者は心外流の門人。遠藤家の家臣で、辻岡だ」

辻岡が名乗ると、浮雲はこれみよがしに笑ってみせた。

「何がおかしい？」

「あまりに横柄なんで、どこの大身のお武家様かと思えば、弱小武家の、しかも家臣風情じゃねぇか」

「貴様！」

辻岡が刀の柄に手をかける。

「抜けるもんなら抜いてみろ。こっちは、青山家の使いで来ている。それを斬り捨てたとなれば、ただでは済まんぞ」

浮雲は、ぬうっと立ち上がり、辻岡に詰め寄った。

名門である青山家の使いで来たなど嘘八百だが、辻岡には効果覿面だった。「ぐう」と唸り、それ以上、何も言えなくなってしまった。

格下に対しては威勢がいいが、自分より格上の武家の名が出ると、すっかり大人しくなる。

武士には、辻岡のような男が多いのも事実だ。

「邪魔したな――」

浮雲は、そう言うとさっさと部屋を出て行く。

こんな殺伐とした空気の中に取り残されたのでは、たまったものではない。八十八は、逃げるように浮雲のあとを追った。

「仇は、拙者が討つ――」

八十八が部屋を出る間際、辻岡が吐き出すように言った。

「え？」

「左門殿の仇は、拙者が討つ。余計な手出しは無用だ」

殺気だった辻岡に、返す言葉などなく、八十八は無言のまま部屋をあとにした――。

「何だか、妙な感じになってしまいましたね」

道場から出た八十八が呟くように言うと、外で待っていた浮雲が、ふんっと鼻を鳴らして笑った。

「まったく。面倒なこった」

浮雲はため息混じりに言うと、金剛杖を突いて、盲人のふりをしながら歩き始める。

「左門さんは、誰かの恨みを買って殺された——そう考えているんですか？」

八十八は、浮雲のあとを追いかけながら訊ねる。

「最初は、そう思っていたがな……どうも恨みとは違うらしい」

「では、やはり左門さんが殺されたのは、偶々（たまたま）ということになりますね」

「お前は、本当に阿呆だな」

浮雲が眼を覆った布をずいっとずり上げ、左眼だけで八十八を睨んだ。

その赤い眼に見据えられると、吸い込まれるような感覚に陥るから不思議だ。

「何が阿呆なのですか？」

「阿呆は、阿呆なんだよ」

「ちゃんと教えてくれないと分かりません」

「そんなことより、お前に頼みたいことがある」

「頼み——ですか？」

八十八が首を傾げると、浮雲はいかにも楽しそうに、にいっと笑ってみせた。

六

八十八は浮雲と別れたあと、一旦家に帰り、画材一式を持って萩原家を訪れた——。

昨晩と同じ部屋に通され、伊織と向かい合って座る。

「それで、新太郎さんの様子はどうですか？」

八十八は、本題を切り出す前に、まずそのことを訊ねた。

「身体に障りはないようですが、やはり自分の身に何が起こっているかは分からないようです……」

「今は、どうしていらっしゃるのですか？」

訊いてから、しまったと思った。伊織は哀しげに目を伏せる。

「一人で蔵にいます。外から鍵をかけてあるので、出ることはないと思います」

仕方ないとはいえ、兄である新太郎を蔵に閉じ込めるのは、伊織も気が重かったに違いない。

八十八も、姉のお小夜がとり憑かれたとき、納戸に閉じ込めておいた経験があるので、その気持ちは痛いほどに分かる。

そのことを伝えると、伊織は小さく首を振った。

「兄上は、集中して書が読める——などと言って笑っていました。もちろん、私を気遣ってのことでしょう」

伊織は苦しそうな表情を浮かべて、視線を落とした。

「大丈夫です。きっと何とかなります。私たちは、私たちのできることをやりましょう」

気休めだと分かっていても、今の八十八に言えることはそれだけだ。

伊織も、そのことは重々承知しているらしく、気持ちを切り替えて「はい」と力強く返事をした。

「実は、浮雲さんから頼まれたことがあったんです」

「頼まれた？」

「ええ。伊織さんの言葉を頼りに、幽霊の人相を絵にするように言われたのです」

八十八はとり憑かれた新太郎しか見ていないので、肝心の幽霊は描きようがない。そこで、伊織を頼ろうというわけだ。

見ている——ということでは、浮雲も見ているはずなのだが、「おれは、他にやることがある」と、さっさと立ち去ってしまった。

妙な気遣いをされたような気もするが、今はそれをあれこれ言っている場合ではない。

「分かりました。自信はありませんが、兄上のためにも頑張ります」

すんなり伊織が応じてくれたことにほっとしながら、八十八は「では——」と、画材一式を広げ、絵を描く仕度を始めた。

八十八自身、初めての経験なので不安はあるが、この際、四の五の言っていられない。

「始めましょう——」

仕度が整ったところで、八十八は改めて伊織に目を向けた。

「とても、痩せた人でした。骨に皮が張り付いているといった感じです」

伊織にとっても、人相を伝えて絵を描いてもらうなど、初めての経験だろう。その口調は幾分、緊張しているようだ。

「痩せている——」

八十八は、伊織の言葉を頼りに、筆で顔の輪郭を描いてみる。誇張し過ぎて、胡瓜(きゅうり)のようなかたちになってしまった。

「そこまでは痩せていません」

伊織が、小さく笑った。

この一件が起きてから、伊織が笑うのを見たのは初めてかもしれない。一瞬でも、伊織が笑みを浮かべてくれるのなら、失敗して良かったというものだ。

「そうですよね」

「痩せてはいましたが、顔は長くありませんでした」

痩せていると言われると、どうしても細長くなってしまうが、それとこれとは別の話だ。もっと、何か手がかりになるものが欲しい。

「他に特徴はありませんでしたか？」

「そうですね……鰓（えら）が少し張っていたように思います」

「鰓が……」

「はい。痩せているのですが、こう……ごつごつした印象のある人でした」

――なるほど。

今の説明で、想像が膨らんだ。八十八は新しい紙に筆を走らせる。

「こんな感じですか？」

「さすがですね。そんな感じです」

伊織が、目を輝かせた。

褒められたことに、気分が浮ついたが、ここで調子に乗ってはいけないと、気を引き締める。

「それで、鼻はどんな感じですか？」

「嘴（くちばし）のように、尖っていました」

「前に突き出る感じですか？　それとも、こう……垂れた感じですか？」

八十八は、手でかたちを作りながら訊ねる。

「垂れた感じでした」

「なるほど……」

輪郭を描いたのとは別の紙に、幾つか鼻のかたちを描いてみせる。

「これが近いですね」

伊織は、描いたうちの一つを指差しながら言う。

「これですね」

「ええ。ただ、もう少し小鼻が小さかったです……」

小鼻を小さめに、改めて鼻を描き直すと、伊織が「それです!」と声を上げた。

「目は、どんな感じですか?」

八十八が訊ねると、伊織は息を呑み、顔色を青くした。

「血走っているというか……とても恐ろしかったです……」

急に表現が曖昧になり、八十八は描くことができずに手を止めた。

「恐ろしい?」

「はい。あの目と対峙(たいじ)したとき、居竦んでしまいました。斬り合ったら、勝てない――

そう感じました」

伊織のかたちのいい眉に、ぐっと皺が寄る。

八十八は、耳を疑った。伊織は、女ではあるが、相当に剣の腕が立つ。以前に、武士を打ち負かしたのを目の当たりにしたこともある。

それ故に、八十八には信じられなかった。

「伊織さんでも、勝てませんか？」

「ええ。勝てません。勝てません。相手にならないでしょう――」

「勝負する前に、分かるものなのですか？」

「相手の技量を見抜くのも、剣術において大切な素養です」

伊織はぐっと顎を引きながら言った。

彼女が、ここまで言うのだから、本当にそうなのだろう。

「それほどまでに……ということは、生きていたときは、相当な使い手として、名を馳せていたかもしれませんね」

八十八が言うと、伊織は大きく頷いた。

「名のある武士か、あるいはどこかの流派の皆伝者だと思います」

伊織の話を聞いていて、引っかかるものがあった。

「なるほど……」

「しかし、あれほどの腕がありながら、なぜ辻斬など……」

伊織は苦しそうに言った。

「それは分かりません。ですが、剣術とは人殺しの技なのでしょう？」

八十八の不用意な一言に、伊織の表情が一気に凍りついた。

伊織も、剣術を学んでいる者なのだ。その人を目の前にして、「人殺しの技」などと言ってはいけなかった。

しまった——と思ったが、もう手遅れだ。

気まずい沈黙が流れる。

「剣術は、確かに人を殺すための技です——」

伊織がぽつりと言った。

「え？」

「でも、人を活かす技でもあるのです」

「人を活かす？」

「すみません。今の私では、上手く説明することができません。でも、剣術を学んでいる人が全て、人を殺すために精進しているのだとは思わないで欲しいんです」

伊織の言葉が、八十八の胸に響いた。

剣術を学んでいない八十八には、実感として分かることではない。だが、少なくとも、目の前にいる伊織は、望んで人を斬るような人ではない。

「すみませんでした——」

八十八は、深く頭を下げて詫びた。

「なぜ謝るのですか？」

「何も知らずに、不用意なことを言いました」

「いいんです。どんなにお題目を並べても、辻斬をするような輩がいるのは事実です。それに、剣の腕と人格は一致しませんから」

「正義の人が強いとは、限らない——ということですか？」

「はい。それもまた、剣術です——」

何だか、思いがけず深い話になってしまった。こんな調子では、いつまで経っても肝心の絵が仕上がらない。

伊織もそれを感じたらしく、自嘲気味に笑った。

「すみません。つまらぬ話をしてしまいましたね。早く絵を完成させてしまいましょう」

「そうですね」

八十八は、大きく頷いてから、再び絵を描く作業を始めた。

最初は四苦八苦していたが、描く八十八も、伝える伊織も次第に慣れて来て、一刻ほどで人相を描き終えることができた。

不謹慎なことだが、こうして伊織と、ああだこうだと言い合いながら、絵を描くのは、本当に楽しかった。

こんな事件でなければ——と思うのだが、こんな事件でもなければ、こんな風に伊織と話をすることもない。

身分の差というのは、そういうものだ。

それを思うと、少しだけ哀しい気分になった——。

「さすが、八十八さん！　まさに、この絵の通りの人物でした！」

完成した絵を見せると、伊織が感嘆の声を上げた。あまりに褒めるので、何だか気恥ずかしい気分になる。

だが、そんな気分とは裏腹に、完成した絵は実に不気味なものだった。

痩せこけて死人のようである。否、幽霊なのだから、死人には違いないのだが、それだけではない気味の悪さがあった。

そう感じさせるのは、おそらく、魚のようにぎょろっとした目だろう。

上手く言い表わすことができないが、八十八は、その目から、渇きのようなものを感じた——。

七

「八十八さん――」

八十八が、伊織と共に完成した似顔絵を持って丸熊の前まで来たところで、声をかけられた。

見ると、丸熊の縄暖簾を潜って、一人の男が顔を出した。

知っている男だった。

「土方さん」

土方は、八十八の父が営む呉服屋に出入りしている薬の行商人だ。姉のお小夜が幽霊にとり憑かれたとき、浮雲を紹介してくれた人物でもある。

「こんにちは」

土方は、人懐こい笑みを浮かべてお辞儀をした。

背が高く、整った顔立ちで、愛想もよいのだが、土方にはどうも得体の知れないところがある。

穏やかな笑みを浮かべているが、その奥にある目は、常に鋭い光を放っている。

以前に、刀を持った浪人を、いとも容易く打ちのめしてしまうのを見てから、その思いはより一層強くなった。

「あなたは、萩原家のお嬢様ですね。お噂はかねがね」

土方は伊織に向き直り、丁寧に頭を下げる。

「私のことを、ご存じなのですか？」

伊織が驚きと、困惑の入り混じった表情を浮かべる。

「ええ。市谷(いちがや)の試衛館(しえいかん)に、稽古にいらしたことがありますよね」

「はい」

「あそこの近藤(こんどう)とは、馴染みでしてね」

土方は、にっこりと笑ってみせる。

八十八は、土方の顔の広さに、改めて驚かされた。

「そうでしたか……」

「なかなか筋がいいと、近藤が申しておりました。そのうち沖田(おきた)といい勝負をするようになるだろう──と」

「とんでもない。沖田さん相手では、手も足も出ません」

伊織が俯くと、土方は楽しそうに笑った。

「あなたは、純粋な人ですね」

「え？」

「近藤も申しておりました。ただひたすら、純粋に剣を学んでいらっしゃる。誰かを討ち倒そうとか、名声が欲しいとかいった邪念がないのです」

「それが、剣を学ぶということだと私は思っています」

伊織がそう返すと、土方は遠くを見るように目を細めた。

「みな、最初はそうですが、やがては欲が出る。他人と比較する。腕を試したくなる。ですから、辻斬のようなものが横行するのです。初心を貫くことの、何と難しいことか――」

土方が、ここまで言葉を並べるのは珍しいことだ。故に、その言葉が八十八の胸の奥まで染み入るようだった。

伊織は、何か言いたそうに口を開きかけたが、結局、何も言わなかった。おそらくは、自分の想いを上手く言葉にできなかったのだろう。

「おっと。本題を忘れてしまうところでした」

一度、歩き去ろうとした土方だったが、すぐに足を止めた。

「本題――ですか？」

「八十八さんを待っていたんですよ」

「私を？」

「ええ。あの男から、人相を描くように言われましたよね」

「あっ、はい」

土方の言う通り、同じ似顔絵を二枚描いてある。

「それを私に見せて下さい」

——ああ、そういうことか。

土方は行商をしているから、様々な情報を持っている上に顔も広い。浮雲は、今までに何度も土方を使って事件にかかわる情報を得ている。今回も、そういうことなのだろう。

「こちらです」

八十八は、そのうちの一枚を土方に差し出した。

「ほう。噂に違わず、なかなかの腕前ですね」

土方は、似顔絵をしげしげと見つめながら言った。

そんなに真剣に見られると、気恥ずかしくなってしまう。

「あの……」

言いかけた八十八の言葉を遮るように、丸熊の二階の障子が開き、両眼に赤い布を巻いた浮雲が顔を出した。

「何をもたもたしてやがる。さっさと上がって来い——」

「すぐに行きますよ」

八十八が、うんざりしたように答えると、土方が小さく笑った。

「相変わらず、せっかちな男ですね。では、私はこれで——あっ、そうだ。この似顔絵の男、想像通りの人物だと伝えておいて下さい」

そう言い残すと、土方はまるで走っているかのような速さで、歩き去って行った。

何だかんだ言いながら、土方も相当にせっかちな男だ。

八十八は伊織を促し、丸熊の縄暖簾を潜り、店の中に入った――。

「おう、八。しばらくだな」

丸熊の亭主の熊吉が声を掛けて来た。名前の通り、熊のように大きく、毛深いが、その見てくれに反して、気さくで愛嬌のある人物だ。

八十八とは、幼い頃からの馴染みだ。浮雲が、丸熊の二階を好むことから、事件について話すときの定番の場所にもなっている。

「伊織ちゃんも一緒か」

熊吉は、愉快そうに言う。

呑み屋の亭主が武家の娘を、ちゃん付けで呼ぶのはいかがなものかと思うが、熊吉にはそれが許されてしまう雰囲気がある。

伊織が、「こんにちは――」と丁寧に頭を下げる。

「浮雲の旦那がお待ちかねだぜ」

熊吉は、二階を指差したあと、客に呼ばれてそそくさとその場を離れた。

八十八は、伊織と一緒に階段を上がり、二階の部屋の襖を開けた。浮雲が、いつも通り壁に寄りかかるように座り、盃の酒をちびちびとやっていた。

「呑気なものですね」

八十八が言うと、浮雲は舌打ちを返して来た。

「何が呑気なもんか。こっちはこっちで忙しいんだよ」

浮雲はぶつぶつ言いながら、両眼に巻いた布を外した。

「そうは見えませんけど……」

「歳三に、色々と調べさせてたんだよ」

それこそ、自分は何もしていないではないか——思いはしたが、これ以上は止めておいた。

何を言ったところで、のらりくらりとかわされるのは目に見えている。

「土方さんが、似顔絵の男は、想像通りの人物だと言っていました」

八十八が伝言を口にすると、浮雲は「やはりそうか——」と呟き、にいっと笑ってみせた。

この反応からして、幽霊の正体が誰なのか、もう分かっているようだ。

「教えて下さい。兄上に憑いている幽霊は、いったい何者なのですか？」

伊織がずいっと身を乗り出す。

浮雲は、苦笑いを浮かべながら、その名を口にした。

「谷屋又右衛門だ——」

「谷屋って、もしかして……」

「そうだ。最初に斬り殺された谷屋左門の父親で、心外流を開いた男だ」

八十八の言葉に、浮雲は得意げに頷いてみせた。

今の話が本当だとすると、大変なことだ。

左門を斬ったのが、谷屋又右衛門の幽霊であったとするなら、息子を斬り殺したことになる。

「これは、ただの辻斬ではありませんね」

八十八の言葉を、浮雲は一笑に付した。

「そんなことは、最初から分かっている」

浮雲が赤い双眸に力を込め、嘲るように笑ってみせた。

言い返したいところだが、確かに浮雲は、最初から今回の一件がただの辻斬ではないと踏んでいた。

「しかし……なぜ、自分の子を斬ったのですか？」

「私も、そこが分かりません」

八十八の言葉に、伊織が賛同の声を上げた。

「それが分かれば苦労はしねぇよ」

浮雲は、投げやりに言うと、盃の酒をぐいっと一気に呑み干した。

「それはそうですが、何か手がかりのようなものは無いんですかね?」

謎を解くきっかけのようなものがなければ、この先、何をしていいのかも分からなくなってしまう。

新太郎を、いつまでも蔵の中に閉じ込めておくわけにはいかないのだ。

「まあ、手がかりがないわけじゃない」

浮雲が尖った顎に手を当てる。

「何です?」

「教えて下さい」

八十八と伊織は、揃って身を乗り出した。

浮雲は、迷惑そうにため息を吐きつつも話し始めた。

「歳三の調べたところによると、心外流の谷屋家には、かなりの借金があったようだ」

「借金が——」

八十八は伊織と顔を見合わせた。

「あの娘は、父親の谷屋又右衛門が死んでから、道場に人が寄りつかなくなったようなことを言っていたが、実はそうじゃねぇ」

「違うのですか?」

「谷屋又右衛門って男は、ひたすらに剣を学び続けて来た男でな。己を高めることばかりで、誰かに教える気なんざ、端から無かったらしい」

「そうなんですか？」

「ああ。過去には、旗本から剣術指南役の話もあったようだが、それも全部断わってしまっていたらしい」

「なぜです？」

剣術指南役になれば、色々と支援が受けられるはずだ。それに名も売れて、自然と道場に人が集まる。

「色々と面倒なことがあるんだよ」

「面倒なこととは、何ですか？」

「それは、そこのお嬢ちゃんに訊いた方がいい」

浮雲が伊織に視線を向けた。

突然、話を振られて驚きながらも、伊織は小さく頷いてから口を開いた。

「指南役になれば、支援は受けられますが、その代わりに出稽古に出向いたり、酒宴に付き合わされたり、やらなければならないことが増えるのです」

「そうなんですか……」

「指南役は、剣の腕だけではなく、世渡りも上手くないとやっていけません」

ただ、剣を振るっていればいいというものではないようだ。浮雲の言う通り、色々と面倒なことが増えるということだ。

「谷屋又右衛門は、己の剣の道に没頭していたようだ。息子である左門にすら、ろくに教えてはいなかったらしいからな」

そういえば、お梅は、兄が存命であったとしても云々と言っていた。あの言葉には、そういう意味が込められていたのかもしれない。

「では、道場とは名ばかりで、谷屋又右衛門の稽古場のような感じだったのですか？」

伊織が訊ねると、浮雲は大きく頷いた。

「しかも、厄介なところから金を借りていたって話もある」

「しかし、それと、今回の一件と、どういう関連があるのですか？」

八十八にはそこが分からない。

「金を貸していたのは、越前屋だ」

「よりにもよって越前屋から……」

越前屋なら、八十八も知っている。

市谷にある高利貸しだ。利子が他の店よりはるかに高く、取り立ても厳しい。越前屋の通ったあとには、草も生えないと噂されるほど悪質な店だ。

だが、それでも越前屋が繁盛しているのは、他に借りられる金貸しがないからだ。

真っ当な金貸しから、金を借りるためには、色々と条件がある。それに反して、越前屋は、無条件で金を貸し出す。

　困っている人ほど、越前屋を利用せざるを得ないのだ。

「そうだ。越前屋は、道場を明け渡すように迫っていたらしい」

「では、越前屋が、借金の返済を求めて、左門さんを斬った——ということですか？」

　八十八が言うと、浮雲はすかさず「阿呆」と返して来た。

「人の話は、最後まで聞け。左門のあとに、辻斬に殺された男がいただろ」

　浮雲の言葉に、伊織が「はい」と頷いた。

　伊織が相談に来る前の晩に斬られたという男だ。

「その男は、作蔵(さくぞう)っていって、越前屋の使い走りだった野郎だ」

「何だか、益々(ますます)分からなくなりました」

　八十八は、率直な感想を口にした。

　単なる偶然にしては、でき過ぎているのだが、だからといって、どういう意図が働いているのか見当もつかない。

「あの——これから、どうすればよろしいのでしょうか？」

　伊織が怯えたような顔で問う。

　浮雲は、ぐいっと左の眉を吊(つ)り上げると、赤い双眸をすっと細めた。

「時を待つ——」

「聞こえなかったのか？　家に帰って寝ろってことだ」

「へ？」

それはあまりにも無責任過ぎる。

このままの状態で、いつまでも放置しておくことなどできない。そうでないと、いつまた次の犠牲者が現われるか、分かったものではない。

それに、新太郎の身体のことも心配だ。

八十八がそのことを主張すると、浮雲はまた「阿呆が――」と吐き捨てた。

「何が阿呆なのですか？」

「何もしねぇとは言ってねぇだろ」

「しかし……」

「今回の一件は、かなり厄介だ。霊を祓うためには、それなりの仕掛けが必要になる」

「仕掛け――ですか？」

仕掛けとは何なのか――幾ら問い質しても、浮雲は何も教えてはくれなかった。

八

翌日、八十八は改めて心外流の道場を訪れた――。

今度は伊織と一緒だった。

向こうも、お梅だけではなく、内弟子の山口と一緒だった。

山口は、口がきけないのでは——と思うほど無口で、常に俯いている様子は、その大きな体軀も相まって、異様に感じられた。

「先日は、何かとありがとうございました」

お梅は伊織に向かって、丁寧に頭を下げる。

「いえ。私どもは、何もできませんでしたから——」

伊織は目を伏せて拳を強く握った。

「それで、今日はどういったご用件で？」

お梅が切れ長の目をすっと細めた。

その瞳に宿るのは、猜疑心のように思われた。だが、考えてみればそうなるのも仕方ない。

兄の左門が斬られて、奉行所とは無関係の者たちが、事情を嗅ぎ回っているのだ。

こうして対面してくれるだけで有り難い。

「実は、此度の辻斬——幽霊の仕業であるかもしれないのです」

八十八は、改まった口調で切り出した。

今回、こうしてここに足を運んだのは、八十八の意思ではない。話す内容も含めて、全て浮雲に指示されたことだ。

「幽霊——ですか？」

さすがに驚いたらしく、お梅が目を剝いた。

「はい。といっても、幽霊が本当に斬ったわけではありません。幽霊が、別の誰かにとり憑いて、人を斬ったのです」

八十八が言うと、お梅は納得できていないらしく「はぁ」とため息のような返事をした。

俯いたままだった山口は、上目遣いに八十八を見る。

「信じられないかもしれませんが事実です。それが証拠に、その幽霊は、あの晩の一件のあと、別の人物にとり憑き、再び人を斬ろうとしたのです」

「別の人物——ですか？」

まだ、納得のいっていないらしいお梅は、困ったように小首を傾げる。

「私の兄です」

真っ直ぐにお梅を見据えながら、伊織が言った。

そこには、覚悟にも似た響きがあった。

「お兄様——ですか」

伊織の真剣さを受けたからか、お梅の顔もさっきまでとは違い、硬く険しいものに変わった。

「はい。幽霊にとり憑かれてしまった兄上は、人を斬ろうとしたのです」

お梅は、伊織に何と言葉をかけていいのか分からなかったらしく、ただ「そうですか……」と呟くように言った。

「昼間は何でもないのですが、夜になるととり憑かれ、家を抜け出してしまうのです。このままでは、今度こそ人を斬ってしまうかもしれません」

伊織は、小さく首を振った。

「それを伝えるためだけに、来たのですか？」

身体に似合わぬ、か細く甲高い声で山口が言った。

山口の暗く、陰湿で、まとわりつくような視線に、八十八は一瞬たじろぐが、そうしてばかりはいられない。ここからが本題だ。

八十八は、咳払いをしてから切り出した。

「実は、その幽霊というのが——谷屋又右衛門さんなのです」

八十八は静かに言った。

お梅は、すぐに事情が呑み込めなかったらしく、視線を宙に漂わせたが、やがて表情を引き攣らせた。

「そんな……あり得ません」

わずかに呼吸を乱しながら、お梅が頭(かぶり)を振った。

「信じたくない気持ちは分かります。しかし、これは事実なのです」

「では、あなたは、父の霊が、兄の左門を斬った上に、方々で辻斬をしている——そう仰りたいのですか？」

興奮気味にお梅が言う。

お梅の気持ちは分かる。誰でも、親が子を斬るなど、信じたくはないだろう。だが、そうとしか考えられないのだ。

「そういうことになります」

「何ということを仰るのですか？　父と兄は、確かに折り合いが悪かったです。しかし、だからといって斬るなど……」

「どのように、折り合いが悪かったのですか？」

「もうお帰り下さい」

お梅は、八十八の問いを遮った。

「いや、しかし……」

「これ以上、死者を侮辱することは、許せません。お帰り下さい」

お梅は、完全に頭に血が上ってしまったらしい。取り付く島もなしといった感じだ。

自分で発した言葉ではあるが、お梅が怒るのも致し方ないとも思う。八十八は「大変失礼しました――」と頭を下げてから、伊織と一緒に逃げるように道場を出た。

「浮雲さんは、なぜ、あのようなことを言わせたのでしょうか？」

道に出たところで、伊織が訊ねて来た。

それは、八十八にも分からないところだ。あんなことを言えば、相手を怒らせることは、火を見るより明らかだった。だが――。

「浮雲さんは、意味のないことはしません。きっと、何か目的があってのことだと思います」

八十八は、今まで何度も浮雲と心霊がらみの事件を追いかけて来た。

浮雲の除霊の方法は、他とは大きく違う。経文を唱えたり、お札を貼ったりするわけではない。

幽霊が彷徨っている原因を見つけ出し、それを取り除くことで、幽霊を祓っているのだ。

一見、意味がないように思えることも、最後には腑に落ちる。今回も、そういうことだろうと考えていた。

「そうかもしれませんね……」

伊織が頷いたところで、「もし――」と呼び止められた。特徴的な声だったので、振り返るまでもなく、それが誰なのか察しがついた。

「何でしょう?」

八十八が足を止めて応じると、山口はのそのそと歩み寄って来た。

「又右衛門様の幽霊が、彷徨っているというのは、本当ですか?」

相変わらず俯いているが、その視線だけは異様に鋭い。

「はい」

「証拠はあるのですか?」

そう問われると困るところだ。

「詳しいことは私にも……ただ、名のある憑きもの落としの先生が、そう言っています」

「その先生とは、目に赤い布を巻いた方ですね」

「はい」

「そうですか……」

山口は呟くように言ったあと、踵(きびす)を返して歩き去ってしまった。

「あの人……」

山口の背中を見送りながら、伊織がぽつりと言った。

次の言葉を待っていたが、伊織は何も語らず、ただ黙ってそこに立ち尽くしていた。

九

「これから、どうするつもりなんですか？」

八十八は隣にいる浮雲に訊ねた。

伊織の屋敷の近くにいた蕎麦(そば)屋の屋台に、並んで立っている。夜も更け、歩いている人の数は少ない。

「蕎麦を食うに決まってるだろう」

浮雲は、さも当然のように言う。

何だかこの台詞(せりふ)、前にも聞いたことがある気がする。わざととしか思えない。

「そういうことではなく、呑気に蕎麦など食べていていいのかと言っているんです」

「固いこと言うんじゃねぇよ。蕎麦くらい食わせろ」

浮雲は、面倒臭そうに言うと、自分の前に置かれた蕎麦を、ずるずると啜(すす)り出した。

八十八は、呆れながらも、目の前に置かれた丼から立ち上る、香ばしい匂いにそそられて、浮雲と並んで蕎麦を啜った。

「そろそろだな――」

蕎麦を食べ終えた浮雲は、呟くように言うと、丼を置いて萩原家の方に向かって歩き出した。

――まったくもって勝手な男だ。

八十八は、慌てて蕎麦をかき込み、店主の親爺(おやじ)に礼を言ってから浮雲の背中を追いかけた。

ちょうど萩原家の門の前まで来たところで、八十八は浮雲に追いついた。

「あの……」

言いかけた八十八の言葉を遮るように、伊織が屋敷の中から飛び出して来た。

顔色が青く、目に涙を浮かべている。

「伊織さん。どうしました？」

「兄上が！　兄上が蔵からいなくなったんです！」

伊織の声は、悲鳴にも近かった。

「いなくなったって、どういうことですか？」

八十八は、伊織に負けないくらい慌てながら口にした。

「蔵に食事を運んで行ったら、扉の鍵が開いていたんです。中を覗くと、兄上の姿はもう……」

伊織が声を詰まらせた。

外から鍵がかけてあったのに、いったいどうやって出たのか――疑問は残るが、今はそれを考えているときではない。

　このままでは、新太郎が人を斬ってしまうかもしれないのだ。

「浮雲さん！　すぐに捜しに行きましょう！」

勢い込む八十八とは対照的に、浮雲は大きなあくびをしてみせた。

「ぎゃんぎゃん騒ぐな」

「しかし……」

「新太郎なら、ほらそこにいるだろうが――」

浮雲が道の先を、すうっと指差した。

その先には、襦袢姿で、引き摺るように刀を持って歩く男の姿があった。

「兄上！」

駆け寄ろうとした伊織を、浮雲が制した。

「まだ、仕掛けの途中だ」

「どういう意味です？」

八十八が訊ねると、浮雲が両眼を覆った赤い布をずり下げ、にいっと笑ってみせた。

何か良からぬことを企んでいるのは明白だ。

問い質そうとした八十八だったが、浮雲はそれを遮るように「おいでなすった――」

と呟いた。

――何が来たというのだろう？

浮雲の視線を追いかけると、武士の恰好をした男が、柳の木の陰から現われた。

口と鼻を隠すように布を巻き、顔が分からないようにしている。

その男は、腰に差した刀の柄に手をかけ、慎重な足取りで新太郎のあとをつけていく。

「あれは？」

「罠にかかった鼠さ――」

八十八の問いにそう返した浮雲は、一定の間隔を置いて二人のあとをつけるように歩き始めた。

――いったい、何をしようとしているのか？

訳が分からずに、八十八は伊織と顔を見合わせた。

伊織は、何やら覚悟を決めたらしく、大きく頷いたあとに、浮雲のあとを追いかける。

こうなると、八十八もそれに従うしかなかった。

やがて新太郎は、心外流の道場の前まで来たところで、ぴたりと足を止めた。

「いよいよか――」

浮雲が、呟くように言いながら足を止める。

八十八と伊織も、同じように足を止める。いったい、何が起きようとしているのか

――訊ねようとしたところで、新太郎のあとをつけていた男が、すうっと刀を抜いた。

月明かりの下で、白刃（はくじん）が煌（きら）めく。

「あっ！」

叫ぼうとしたが、浮雲によって口を押さえられた。駆け出そうとした伊織も、強引に引き戻される。

そうこうしている間に、刀を抜いた男が、背後から新太郎に斬りかかった。

――斬られる。

そう思った刹那、新太郎が目にも留まらぬ速さで振り返ると、斬りかかった男の刀を受け流してしまう。

渾身（こんしん）の一撃をかわされた男は、体勢を崩して前につんのめる。

その隙を逃さず、新太郎は大きく刀を振り上げる。

「歳（とし）！　殺すな！」

浮雲が叫んだ。

その声に反応して、新太郎は、一瞬動きを止めたものの、一気に刀を振り下ろした。

金属を打ち鳴らすような音とともに、顔を隠していた男の刀が、真っ二つに折れてしまった。

刀の峰を打ちつけたらしい。

刀を折られた男は、這いつくばるようにして逃げだそうとする。

新太郎は、それを許さず、襟首を捕まえると、そのまま地面に引き摺り倒してしまった。

「これでいいのですか？」

そう言って、新太郎がこちらに顔を向けた。否、新太郎ではなかった。

「土方さん――」

「ああ。あれは歳三の阿呆だ」

浮雲は、ため息混じりに言うと、土方に向かって歩いて行く。

八十八は、伊織と顔を見合わせたあと、浮雲の背中を追いかけた。

こうやって近くで見れば分かる。そこにいるのは、確かに薬の行商人の土方歳三だった。そして、土方の足許には、倒れたまま怯えている男がいた。

「いったい、どういうことなのですか？」

八十八が問うと、浮雲は淫靡ともいえる笑みを浮かべてみせた。

「簡単な話だ。歳に頼んで、蔵に入っている新太郎になりすましてもらったのさ」

「なりすました？　では、本物の新太郎さんは？」

「別の場所にいる」

浮雲は、さも当然のように口にするが、八十八には分からない。

「なぜ、こんなことをしたのですか？」

「こいつの顔を見れば分かるさ——」

浮雲は、そう言って男の顔を覆う布を引っぺがした。

男は、手で顔を隠したものの、もはや手遅れだ。男は、心外流の門人である辻岡だった。

辻岡は、土方を新太郎と思い込み、襲いかかったということなのだろう。だが、やはり八十八には分からない。

「なぜ、辻岡さんは新太郎さんを狙ったのですか?」

八十八が問うと、浮雲はにいっと笑ってみせた。

「その理由については、今からじっくり語ってもらうさ」

浮雲が口にすると、辻岡は這うようにして逃げだそうとする。それを阻んだのは、浮雲だった。

辻岡の背中を無造作に踏みつけ、蔑んだ視線を送っている。

「逃げられると思うなよ。お前には、まだ喋ってもらうことがあるんだ」

浮雲の口許に浮かぶ笑みが、八十八には妖艶に見えた。

浮雲と土方は、辻岡を縛り上げると、引き摺るようにして心外流の道場に足を踏み入れた。

十

八十八は戸惑いながらも、伊織と一緒にそのあとに続いた。

浮雲は、稽古場の板の間に辻岡を蹴り倒すと、どっかと腰を下ろして座った。

「勝手に上がり込んで、平気なのですか?」

八十八が問うと、浮雲はふんっと鼻を鳴らして笑った。

「勝手も何も、ずっと見ていたのだろう?」

浮雲が声を張ると、すっと戸が開いて、蠟燭(ろうそく)を持ったお梅と山口が稽古場に入って来た。

八十八は、思わず伊織と顔を見合わせる。

「このような夜更けに、いったい何のご用件でしょうか?」

お梅が、凜とした口調で問う。

「あんたの兄である左門を斬ったのが誰か——それを、はっきりさせようと思ってな」

浮雲は、布に描かれた眼をお梅と山口に向ける。

「もしかして、兄を斬ったのは、辻岡様なのですか？」

お梅が、驚きの表情を浮かべながら訊ねて来た。

「ち、違います！　私がそのようなことをするはずがありません！　信じて下さい！」

辻岡は、取り乱したように叫ぶ。

「少し、黙ってろ」

浮雲は、そう言うと辻岡の腹を金剛杖で突いた。

鳩尾（みぞおち）を打たれた辻岡は「うっ！」と唸ったあと、床の上で蹲（うずくま）った。

「少々、乱暴ではありませんか？」

お梅の責めを受けても、浮雲はどこ吹く風で、呑気に瓢（ひさご）の酒を盃に注ぐ。

「左門を斬ったのが誰かを突き止める前に、はっきりさせておかなければならないことがある――」

浮雲は、盃の酒を一息に呑み干してから言った。

「何です？」

八十八が問うと、浮雲はにいっと笑みを浮かべた。

「心外流の師範であった、谷屋又右衛門は、病に倒れたことになっているが、実はそうじゃねぇ」

「違うのですか？」

お梅が、眉を顰める。

「ああ。谷屋又右衛門は、毒を盛られたのさ――」

浮雲の放った言葉が、辺りに張り詰めた空気を生みだした。

あまりのことに、驚いたのか、お梅が「毒――」と掠れた声で口にしながら、よろよろと後退る。

「そうだ」

「なぜ、そうだと分かるのですか?」

「又右衛門の死体を視た、小石川って医者が言ってたのさ。確証はないが、死に様からみて、毒を盛られたかもしれねぇって」

「邪推は止して下さい。それに、なぜ父が毒など盛られなければならないのですか?」

お梅が詰め寄ると、浮雲はゆらりと立ち上がった。

「先日、斬られた左門は、越前屋に金を借りていた」

「兄が借金を?」

「そうだ。遊郭の女に入れ込んだのさ」

「え?」

「左門は、借金の返済を迫られていた。又右衛門に金の無心をしたが、あっさり断わられた上に、勘当を言い渡された。それで……」

「待って下さい！　兄が、父を毒殺したと言うんですか？」

お梅が金切り声を上げた。

そうなる気持ちも分かる。誰だって、子が親を殺すなど、考えたくもない。

「少し違うな……」

浮雲は、呟くように言って尖った顎に手を当てた。

「違う？」

お梅は、完全に混乱しているようだった。

かくいう八十八も、あまりのことに、状況を把握するのに精一杯で、気持ちがついていかない。

「左門が一人でやったことじゃない。左門をそそのかした輩がいるのさ。そうだろ。辻岡よ」

浮雲が、布に描かれた眼で、床の上に蹲っている辻岡を見た。

「な、何を言うのです……私は、何も……」

辻岡は、苦しげに声を発する。

「もう調べはついているんだ。惚けたって無駄だぜ。お前も、越前屋で金を借りている。そうだろ」

浮雲が詰め寄ると、辻岡は「ひっ」と息を詰まらせた。

「左門と辻岡は、遊郭で知り合ったのさ。二人とも、借金で首が回らない状態だった。そこで、二人して又右衛門を殺すことを企んだんだ」

「なぜ、そんなことを?」

八十八は、思わず口にした。

又右衛門を毒殺したところで、借金が減るわけではない。八十八のその考えを読んだかのように、浮雲は「ふんっ」と鼻を鳴らして笑った。

「又右衛門が死ねば、道場の土地も、心外流も、全て左門のものになる」

「あっ!」

言われてみれば、まさにその通りである。

「つまり、兄は金欲しさにこの人と共謀して、父を殺した——そう仰りたいんですか?」

そう言ったお梅の口調は、ひどく強張っていた。

「そうだ。他にも協力した男がいる。越前屋の使い走りの作蔵って男だ。又右衛門が死んだあと、頃合いを見て全部売り払うつもりだったのさ」

「嘘だ! そんなことは嘘っぱちだ!」

辻岡が、必死の形相で叫び声を上げる。

「黙れ!」

浮雲が一喝する。

「いいや黙るものか。いきなり出て来て勝手なことを言うんじゃない」

「この期に及んで、じたばたするんじゃねぇ。調べはついていると言っただろ」

「え？」

「三吉という薬売りを知っていますよね」

さっきまで黙っていた土方が、ずいっと辻岡ににじり寄る。

「し、知らん……」

「惚けても無駄です。本人から聞いたんですよ。あなたたちに、鳥兜の根を煎じた毒薬を売った──と」

土方が、辻岡の耳許で囁くように言った。

「知らん！　知らん！　知らん！」

辻岡が、頭を振りながら叫ぶ。

「往生際の悪い野郎だ！」

浮雲は、ドンッと金剛杖で床を突くと、眼に巻いた赤い布を解き、深紅の双眸で睨み付けた。

「な、何だ！　その眼は！　ば、ば、化け物！」

辻岡が悲鳴混じりに声を上げる。

浮雲は、それを嘲るように笑うと、辻岡の髷を摑んで、ぐいっと自分の顔を近付ける。

「騒ぐな。この眼はな、ただ赤いだけじゃねぇ。人の心の底を見抜く千里眼よ。逃げても無駄だぜ」

千里眼などというのは嘘だ。浮雲に見えるのは、人の心の底ではなく幽霊だ。だが、そんなことを知る由もない辻岡は、浮雲の迫力に呑まれて言葉を失った。

「そうか。辻岡さんが、新太郎さんを襲ったのは、自分の悪行が露呈するやもしれぬと思ったからですね」

八十八の言葉に、浮雲が「そういうことだ――」と答えた。

辻岡は、八十八たちの会話を道場のどこかに隠れて聞いていたのだろう。

又右衛門は、自らが病ではなく毒を盛られて命を落としたことに気付いている。その幽霊が彷徨い歩いているとあっては、心中穏やかではない。

いつか、毒を盛ったのが辻岡たちだと露呈してしまうかもしれない。

それを恐れて、又右衛門の幽霊がとり憑いている新太郎を、亡き者にしてしまおうと考えたのだろう。

「さて、話を戻そう――」

浮雲は、抵抗する気力を失った辻岡を突き放すと、改めて赤い双眸をお梅と山口に向けた。

「この道場を、売り払うつもりだった左門だが、その前に斬られて死んだ。では、斬ったのは誰か？」

浮雲が、金剛杖でドンッと床を突いた。

ここまで来れば、何が起きていたのか八十八にも分かる。

「辻岡さんが、分け前を独り占めしようとして、左門さんを斬ったのですね――」

いや、左門だけではない。もう一人の協力者である、越前屋の作蔵をも斬り捨てた。そう考えると、全てのことに辻褄が合う。

「阿呆が」

浮雲の言葉が、八十八の考えを打ち消した。

「何が阿呆なのですか？」

「肝心なことが抜けているだろう」

「肝心なこと？」

「此度の一件で、新太郎に又右衛門の霊がとり憑いたことだ」

言われてみればそうである。

なぜ、又右衛門の幽霊は死して尚、彷徨い歩いているのか？　それだけではない。刀を持ち出し、夜の街を徘徊し、今目の前にいる山口に刃を向けもしたのだ。

「又右衛門さんの幽霊は、なぜ、彷徨っているのですか？」

「それは、本人に訊いてみればいい――」

浮雲が金剛杖で、コンコンと床を二回突いた。それを合図に、戸がすっと開いた。そこに立っていたのは新太郎だった。

その表情は虚ろで、心ここに在らずといった感じだ。

新太郎の隣には、医師の小石川の姿もあった。

浮雲が、新太郎は別の場所にいると言っていたが、それは小石川の診療所だったらしい。

「兄上！」

伊織が声を上げるが、まるで反応がない。

「まだ、又右衛門さんの幽霊が憑いているのですか？」

八十八が訊ねると、浮雲は「そうだ」と大きく頷いてみせた。

「この男、新太郎には、又右衛門の幽霊がとり憑いている。この男は、夜の街を彷徨い、何かをしようとしていた。あんたなら、その答えを知っているだろ――」

そう言って、浮雲が眼を向けたのは、山口だった。

「何のことでしょう？」

山口が、甲高い声で言った。

「新太郎が、否、又右衛門の幽霊が、お前の前に現われたとき、何かを言ったのではないか？」

「いえ……何も……」

山口は、首を左右に振る。

「そうか。又右衛門は、頼む相手を間違えたようだな」

浮雲は、そう言って苦笑いを浮かべた。

「ちょっと待って下さい。何の話をしているんですか？」

八十八は堪(たま)らず口を挟んだ。

又右衛門の幽霊にとり憑かれた新太郎は、山口を斬ろうとしたのではなかったか？

だからこそあのとき、新太郎が幽霊にとり憑かれて辻斬をしたのでは——と疑ったのだ。

八十八がそのことを言いつのると、浮雲はふんっと鼻を鳴らして笑った。

「違う。左門を斬ったのも、作蔵を斬ったのも、又右衛門ではない。生きた人間だ。又右衛門は、それを止めようとしていたんだ」

「止めようとしていた？」

「そうだ。だから、刀を持ち出し、夜の街を彷徨った。よく思い返してみろ。あのとき、又右衛門は山口を斬ろうとはしていなかっただろ」

言われて、その情景を頭に思い浮かべてみる。

確かに、あのとき新太郎は刀を下ろしていた。

ただ、幽霊にとり憑かれた新太郎が辻斬をしているかもしれないという思い込みで、間違った考えを持ってしまっていた。

だが、分からないことがある。

「又右衛門さんは、いったい誰を守ろうとしていたんですか?」

「分からねぇか?」

浮雲が訊ね返して来る。

「分かりません」

八十八は、口にしてみたものの、本当は分かっていた。

この状況において、考えられる人物は一人しかいない。だからこそ、又右衛門は山口に頼んだのだ。

「左門と作蔵を斬ったのは、あんただな——お梅」

浮雲が、その名を呼んだ。

伊織が息を呑んだ。辻岡にとっても、その名は意外だったらしく、驚愕の表情を浮かべる。

山口は下唇を噛み、大きな身体を縮ませるように俯いた。

そして、お梅は——顔を上げて恨めしそうに浮雲を睨んだかと思うと、素早く駆け出し戸を開けて稽古場を飛び出して行った。

「あっ！」

あとを追うのかと思いきや、浮雲は金剛杖を肩に担いでじっとしている。

「誰にも渡すものか――」

唸るような声とともに、お梅が再び舞い戻って来た。

その手には、刀が握られている。

正眼（せいがん）に構えたお梅の姿は、堂に入っていた。一日や二日で習得できるものではない。日々の鍛錬によって作り上げられた、美しくも力強い構えだ。

「これは、いったい……」

八十八は、お梅の迫力に気圧されながらも口にした。

「お梅は、守りたかったのさ。この道場を、そして、父である又右衛門が、心血を注いで作り上げた心外流を――」

浮雲の言葉を聞き、八十八は胸に痛みを覚えた。

八十八には、剣術のことはまるで分からないが、お梅の気持ちは少なからず分かった。お梅は、父である又右衛門が、いかにして心外流を作り上げて来たのか――それを間近で見ていたに違いない。

その背中を追いかけ、己自身も剣の腕を磨き続けていたのだろう。それこそが、お梅の生きる道だった。

お梅にとって、何より大切なものであったはずだ。

だが、それを己の欲のために奪った者たちがいる。たとえ、それが血を分けた兄であっても、お梅には許せなかったのだろう。

「私が——お相手します」

そう言って、木刀を持った伊織が、お梅の前に歩み出た。

「伊織さん、駄目です」

「離れていて下さい。お梅さんの気持ちは、私が受け取ります——」

伊織は、正眼に構えてお梅と対峙した。

互いを囲む空気が張り詰める。あまりの気迫に、八十八は近付くことができなかった。

だが、このままでは、伊織が斬られるかもしれない。

「伊織さん……」

間に割って入ろうとした八十八だったが、浮雲に突き飛ばされた。

「やらせてやれ」

「しかし……」

八十八の声を遮るように「やあっ！」という掛け声がした。

お梅が、凄（すさ）まじい勢いで伊織に斬りかかったのだ。

引くかと思ったが、伊織は逆に大きく踏み出し、お梅の喉許に突きを入れた。

ほんのわずかだが、伊織の突きの方が速かった。

お梅は、刀を持ったまま仰向けに倒れて動かなくなった。

八十八は、ただ呆然と見ていることしかできなかった。

「又右衛門よ。これで良いか？」

しばらくの沈黙のあと、浮雲がぽつりと言った。

それに応じるかのように、新太郎は意識を失い床の上に倒れ込んだ。

「兄上！」

伊織が、すぐさま新太郎に駆け寄る。

「大丈夫だ。又右衛門は、もう離れた——」

浮雲が、囁くように言った。

「これで終わったのですか？」

浮雲は、八十八の問いに答えることなく、倒れているお梅に歩み寄った。

「聞こえているだろ。お前の父である又右衛門からの言伝だ——」

お梅は、喉を押さえながらも、よろよろと立ち上がる。

再び刀を構え、お梅は浮雲に斬りかからんとする。だが、浮雲は、そんなことは構いもせずにお梅の耳許に顔を近付ける。

「私は、剣を極めることに心血を注いできた。そのせいで、お前たち兄妹を犠牲にしてきてしまった」

「なっ！」

「本当に大切なのは、お前たちだったのに、私はそれを忘れていた」

「…………」

「すまなかった――」

浮雲の言葉と同時に、お梅の手から刀が滑り落ちた――。

お梅は、そのまま床に崩れ落ちると、まるで赤子のように、声を上げて泣き続けた。

八十八には、それをただ黙って見ていることしかできなかった。

その後

「それは良かった――」

伊織から、新太郎が無事に意識を取り戻したという報せを受け、八十八は、ほっと胸を撫で下ろした。

浮雲が棲み着いている神社の社だ――。

「はい。本当にお二人のお陰です」

伊織は、改まって頭を下げた。

「いえいえ。私は何もしていません」

「まったくだ。お前は屁の突っ張りにもならん」

謙遜する八十八を、嘲るように言ったのは浮雲だった。

浮雲は、壁に寄りかかるように座り、盃に満たされた酒を、無表情に見つめている。

「否とは申しません。事実です」

八十八がきっぱりと言うと、浮雲が「威張るんじゃねぇよ」と口許を歪めた。

「そんなことはありません。八十八さんは、似顔絵を描いて下さいました」

伊織が小さく首を振りながら言った。

確かに、又右衛門の似顔絵を描きはしたが、それがさほど役に立ったとは思えない。

「あの……一つお訊ねしたいことがあります」

一区切りしたところで、伊織が浮雲に目を向けた。

だが、浮雲は返事をすることなく、じっと盃の酒を見るともなく見ている。浮雲にかわって、八十八が「何です？」と先を促す。

「お梅さんは、心外流は、これからどうなってしまうのでしょう？」

伊織が、沈痛な面持ちで口にした。

「お梅は――極刑だろうな」

浮雲は静かに言った。

分かってはいたが、改めて耳にしたことで、ぐっと心が重くなる。

それは、伊織も同じだったのだろう。膝の上に載せた拳を固く握り、唇を嚙んだ。

「では、道場も心外流も途絶えてしまうのですね」

八十八が嚙み締めるように口にした。

お梅は、心外流と道場を守るために、左門と作蔵を斬った。だが、そのことで、結局は心外流は滅びの一途を辿る。とはいえ、お梅が何もしなかったとしても、やはり心外流は途絶えた。

どちらにしても、途絶える運命だったというのは何とも哀しいことである。

「道場は途絶える。だが――又右衛門の剣は生き続けるだろうよ」

浮雲がぼそりと言った。

「どういう意味です？」

八十八が聞き返すと、浮雲は盃を見つめたまま、にいっと笑ってみせた。

「新太郎にとり憑いた又右衛門が、山口に会いに行った――その理由は何だと思う？」

答えではなく質問が返って来た。

その問いの答えについては、あのとき、浮雲が口にしていた。

「お梅さんを止めるように頼まれたのですよね」

八十八が答えると、浮雲が小さく笑った。

「それは、目的の一つだ」

「他にも目的があったのですか？」

「ああ。又右衛門は、山口に託したのさ」

「心外流を——ですか？」

「名前なんてどうでもいい。自らが到達できなかった極みに、山口なら達することができると、奴を後継者に選んだのさ」

浮雲の言葉の意味は分かったが、何だかぴんと来なかった。その理由は単純だ。

「山口さんという人、そんなに強そうには見えませんでした」

「お前には、本当に何も見えちゃいねぇな」

浮雲が赤い双眸で、ギロリと八十八を睨んだ。

そんな顔をされても、分からないものは分からない。

「どういうことですか？」

「山口は、ああ見えて相当な使い手さ。そのうち、名を轟かせるだろうよ」

浮雲は自信に満ちた口調で言う。

伊織も同感らしく、大きく頷いてみせる。

八十八は、改めて山口の顔を思い返してみた。身体は大きいが、ぬぼうっとした印象が拭えない。

――本当に、あの人は強いのだろうか？

いくら考えても、その答えは出なかった。

「八。今回、絵は描かなかったのか？」

浮雲が、ぐいっと盃の酒を呑み干しながら訊ねて来た。

「あっ、実は昨晩、描いたものがあります」

八十八は、持参した絵を取り出し、床の上に広げて見せた。伊織と浮雲が身を乗り出すようにして絵を覗き込む。

そこに描かれているのは又右衛門だ。似顔絵のときのように、渇きに満ちた目ではなく、穏やかに微笑む又右衛門だ。

「又右衛門殿も、八十八さんの絵のように、笑うことができれば、誰も死ななかったかもしれませんね――」

伊織が、呟くように言った。

「それが道を極めるということさ」

浮雲が、そう引き継いだ。

そうかもしれない。又右衛門は、剣の道を極めようとして、心血を注ぎ、真に大切なものが何かを見失ってしまった。

最後に残した言葉のように、子のことを一番に想っていれば、こんな不幸な結末を迎えることはなかった。

しかし、剣に限らず、何かを極めるということは、そういうことなのかもしれない。

もしかしたら、絵師を志す自分も、同じように知らず知らずのうちに、周囲を犠牲にしてしまうことがあるのだろうか？　そうまでして目指すものに、いったいどんな意味があるのだろうか？

胸の内に、様々な想いが溢れたが、今の八十八に答えが出せるはずもなく、ただ呑み込むことしかできなかった。

禍根の理

UKIKUMO
SHINREI-KITAN
YOUTOU NO KOTOWARI

序

「この沼にまつわる、祟りを知っているかい？」

そう切り出したのは、一緒に歩いていた大治郎だった。

夏にしては、やけに冷え込む夜――。

馴染みの居酒屋、丸熊でしこたま呑んだ帰り道だ。

「何だいそれは？」

喜助は、足を止めて訊ねた。

「ほら、あそこに沼があるだろ――」

そう言って、大治郎は提灯を掲げて、古い屋敷の裏手にある沼を指差した。

能面のようなのっぺりとした大治郎の顔に、提灯の灯りが当たり、どことなく不気味に見えた。

この道は、何度か通ったことがある。廃墟(はいきょ)となった武家屋敷があることは知っている。何年も前から放置されており、鬱蒼(うっそう)としていて、何とも不気味な場所だ。

——だが、沼などあっただろうか？

半信半疑ながら、よく目を凝らすと確かに見えた。

今にも崩れてしまいそうな屋敷の裏手に、ひっそりと黒い沼があった。

「あの沼がどうかしたのかい？」

喜助が訊ねると、大治郎が顔を向けた。

大治郎は、喜助と同じ三十なのだが、禿頭(とくとう)のせいか、それよりずっと老けて見える。

「出るんだってさ」

「出るって何がだい？」

「決まってるだろう。幽霊さ——」

大治郎の言いように、喜助は思わず笑ってしまった。

幽霊が出るとは——脅(おど)かそうと思ったにしては、少しばかり子どもじみている。

「出たから何だってのさ。幽霊なんざ怖かねぇ」

喜助が笑い飛ばすと、大治郎の顔が一気に険しくなった。

「お前さんは、分かってないね」

「何がだい？」

「ここに出る幽霊を見た者は、祟りにあって殺されるって話だ」

大治郎が、あまりに真剣な顔で言うので、喜助は尚のこと可笑しくなってしまった。

「莫迦を言うんじゃないよ。だいたい、何の祟りさ――」

確かに不気味な場所ではあるが、それだけだ。

「この屋敷に住んでいた武家の当主は、それなりに名のあるお方だったらしい。何でも、要職に就くことも決まっていたとか……」

「へぇ」

「しかしね、ある日、当主の奥方が病に倒れた。そこから、様子が一変し、医者と奥方を斬り捨ててしまったらしいんだ」

大治郎が言うのに合わせて、冷たい風が吹きつけ、沼の周りを覆う雑草が、一斉にざわざわと揺れた。

もっともらしく語ってはいるが、その手の話は、大抵がただの噂だ。

「つまらないこと言ってねぇで、さっさと帰るぜ」

歩き出そうとした喜助だったが、大治郎に腕を摑まれた。

「今、何か聞こえなかったかい？」

「風の音を聞き間違えたんだろうよ」

一笑に付して再び歩き出そうとした喜助だったが、ふと誰かの視線を感じて動きを止めた。

――何だ？

怪訝に思いながら視線を走らせる。

「おぉぉぉ」

唸り声のようなものが、喜助の耳に届いた。

風の音ではなかった。

喜助は、大治郎と顔を見合わせる。

大治郎は真っ青になっていた。おそらく、このとき喜助も同じ顔をしていただろう。

「うら……で……ごぁ……」

また声がした。

さっきより、はっきりと聞こえる。

「あ、あれ……」

大治郎が震える声で沼を指差した。

目を向けると、黒い沼がまるで生き物のように、ぬうっと盛り上がったかと思うと、中から黒い影が出て来た。

「ぐぅ……すぉ……まじ……」

その影は、ひた、ひた、ひた――と、澱んだ水を滴らせながら、こちらに向かって歩いて来た。

この世のものでないことは、一目瞭然だった。

「で、出たぁ！」

大治郎が、提灯を取り落として後退(あとずさ)る。

地面に落ち、めらめらと音を立てて燃える提灯の灯りに照らされて、影の正体が闇に浮かび上がる。

まるで枯れ木のように、痩せ細った老人だった。

喜助は逃げだそうとしたが、身体(からだ)が動かなかった。それは、大治郎も同じだったらしく、がたがたと歯を鳴らしながら震えていた。

その間にも、老人は、一歩、また一歩と喜助たちに近付いて来る。

気付いたときには、すぐ目の前まで来ていた。

老人が、すいっと顔を近付ける。

髑髏(どくろ)に皮を貼り付けただけのような、不気味な顔だった。魚のようなぎょろりとした目には、生気が感じられず、澱み、濁っていた。

「お主らを……呪い殺してやる……」

老人は、はっきりした口調で言った。

「ひゃぁ！」

大治郎は、悲鳴とともに踵(きびす)を返して駆け出して行った。

喜助も逃げだそうとしたが、やはり思うように身体が動かない。あまりの恐怖に腰を抜かして、地べたに尻餅(しりもち)をついた。

老人の恐ろしい顔が、喜助に近付いて来る。

「やめろ！　やめろ！」

喜助は叫び声を上げながら、頭を抱えて蹲(うずくま)った。

しばらく、がたがたと風に吹きつけられた戸板のように震えていたのだが、一向に何かが起きる気配はなかった。

――どうなっているのだ？

喜助は、恐る恐るではあるが、瞼(まぶた)を薄く開けた。

何も見えなかった。両目を開けて、辺りを見回してみたが、やはり何も見えない。老人の姿はきれいさっぱり消えていた。

生臭い風に吹かれて、雑草ががさがさと揺れているだけだった。

――酔って幻でも見たのだろうか？

不思議に思いながらも、喜助は立ち上がった。

半ば呆然(ぼうぜん)と立ち尽くしていると、首筋を生暖かい風が撫(な)でた。いや、風にしては吹く方角がおかしい。

誰かに息を吹きかけられたような――そんな感じだ。

喜助は、戸惑いながらも、ゆっくりと首を後ろに向けた。

すぐ後ろに、さっきの老人が立っていた。

「死ね――」

老人が言うのと同時に、喜助は悲鳴を上げながら駆け出した。

一

昨晩とはうって変わって、朝から日射しが強く、うだるような暑さだった。

橋のあたりまで来たところで、八十八(やそはち)は人だかりができているのを見かけた。父の源太(げんた)に頼まれ、得意先に反物(たんもの)を届けに行った帰り道だった。

何人もの人が、橋を塞ぐように群がり、顔を突き合わせ、声を潜めて何ごとかを話し込んでいる。

――何かあったのだろうか？

人垣の向こうを覗(のぞ)き込むが、よく分からない。

昨今、盗賊がこの辺りを荒らしているという噂がある。もしかしたら、その一味が捕縛でもされたのだろうか？

「何かあったのですか？」

八十八は、近くにいた男に声をかけてみた。

行商人らしく、背負子を担ぎ、菅笠を目深に被っていた。上背があり、凜とした佇まいではあるが、どことなく、暗い空気を纏った男だった。

男は、菅笠の下にある鋭い眼光で八十八を一瞥したが、何も言わなかった。

「何があったのか、ご存じではありませんか？」

もう一度、八十八が問う。

明らかに聞こえているはずなのに、男はくるりと背中を向け、足早に立ち去って行ってしまった。

――妙な人だ。

そんなことを思っていると、とんとんと肩を叩かれた。

振り返ると、そこには知っている顔があった。

「熊さん」

丸熊の亭主、熊吉だった。

その名の通り、熊のように身体が大きく、毛深い。鰓が張って角張った顔をしていて、見るからにいかつい風貌だが、とても気のいい男だ。

八十八は、幼い頃、熊吉にたくさん遊んでもらった。

「八。ちょうど良かった」

熊吉が、目尻を下げてほっとした顔をする。

今の口ぶりからして、八十八に何か頼みごとがあるらしい。

「どうしたのですか？」

「ちょっと、聞いて欲しい話がある」

熊吉は、深刻な顔で言う。

からっとした性分の熊吉が、こういう顔をするのは珍しい。よほどのことがあったに違いない。

「ええ。構いませんが、私で力になれますか？」

「大丈夫だ。店で話そう」

熊吉が促す。どうやら、他人には聞かれたくない話らしい。

「もしかして、恋でもしましたか？」

八十八が口にすると、熊吉は「柄じゃねぇよ」とため息混じりに言った。

確かに、恋に焦がれるような柄ではない。

「それに——話を聞いて欲しいのは、おれじゃねぇ」

そう言って熊吉は、一間ばかり先に目をやる。

団子屋の軒下に、一人の男が立っている。三十くらいの男で、しきりに辺りを見回し、落ち着かない様子だ。

「誰です？」

「うちの店の馴染みで、蔵屋って小間物屋の番頭の喜助さんだ」

「はあ……」

見ず知らずの人の話を聞いたところで、八十八にできることなど何もないように思う。だが、それを口にする前に、熊吉はすたすたと歩き出してしまった。

何だか腑に落ちないながらも、八十八は、熊吉のあとに続いた。

喜助も合流し、三人で並んで歩いたのだが、その間、言葉はなかった。重苦しい空気の中、黙々と歩みを進める。

丸熊に辿り着くと、そのまま二階の部屋に通された。

三人が腰を落ち着けたところで、改めて熊吉が八十八を喜助に紹介した。喜助は、具合がよくないのか、青白い顔で会釈をする。

「八に聞いて欲しい話ってのは、他でもねぇ、幽霊の話なんだ……」

熊吉が、重苦しい口調で切り出した。

「幽霊の？」

「ああ。詳しくは、喜助さんから」

熊吉に促され、喜助は迷いながらも、ゆっくりと口を開いた。

「あれは、昨晩のことでした——」

震える声で喜助が語り出したのは、廃墟となった旗本の屋敷と、その近くにある沼で起きた恐ろしい体験だった。

喜助の語り口は、微に入り細にわたっていて、まるでその場にいるような思いに捕られた。

枯れ木のような老人に「死ね——」と囁かれた件では、八十八は思わず声を上げてしまいそうなほどだった。

「それは恐ろしい……」

八十八は、掠れた声で言った。

話している間、喜助はしきりに周囲を気にして、少し物音がするだけで、びくっと肩を震わせるような有様だった。見ていて、気の毒になるほどだ。

熊吉は、難しい顔をして黙っている。

「実は、話には、まだ続きがあるのです——」

喜助が神妙な顔つきで言った。

今までの話だけで、充分に怖いのに、まだ続きがあると思うと、正直、気が滅入る。

「何があったのですか?」

八十八が促すと、喜助は大きく頷いてから話を続けた。

「どこを、どう走ったのか分かりませんでしたが、気付いたら、家の布団にくるまってがたがたと震えていたんです。しばらくそうしていたんですが、はたと我に返った。私は、何をしているんだ——と。あれは、ただの見間違いではなかろうか？　そういう気になったんです」

「なるほど」

「で、布団から出ることにしました。すると——」

そこまで言ったところで、喜助は真っ直ぐに八十八を見た。青ざめた喜助の顔に、さあっと影が差した気がした。

ざわざわと八十八の心が揺れる。

この先は、聞いてはいけない——そんな予感めいた思いだ。しかし、それを口に出すことはできずに、喉を鳴らして息を呑み込んだ。

「いたんです。あの老人が、私のすぐ目の前に……」

そのときのことを思い出したのか、喜助がわっと両手で顔を覆った。

聞いている八十八も、総毛立つような恐ろしさを感じ、びくっと肩を震わせた。熊吉も、体格に似合わぬ怯えた表情を浮かべている。

しばらくの沈黙があった。

どれくらい時が経ったのだろう——喜助が、すうっと大きく息を吸い込んでから、再び口を開いた。

「私は、恥ずかしながら、そのまま気を失ってしまったんです……次に目を覚ますと、朝でした……」

「恥じるこっちゃねぇ。誰だってそうならぁ」

言ったのは熊吉だった。

「熊さん。気休めはいいよ。私はね、自分がこんなにも肝の小さい男だとは、思わなかったよ」

喜助がぽつりと言った。

熊吉の性格からして、気休めや慰めの類でないことは明らかだが、それを今、話したところで、何にもならないだろう。

「朝には、もういなくなっていたんですか？」

八十八が訊ねると、喜助はこくりと力なく頷いた。

「だんだん、頭がはっきりして来るにつれて、一緒にいた大治郎のことが気になって……それで、奴の家に様子を見に行った」

喜助が、掠れた声で言う。

「大治郎ってのは、貧乏浪人で、喜助さんの家の近くの長屋に住んでるんだ」

熊吉が、言葉を足してくれた。

「ところが、大治郎の家には誰もいない。男鰥でしたから、どこに行ったのか訊きようがない。普段なら、どこぞに出掛けているんだろうと、それで終わりなんですが、昨晩のことが引っかかってねぇ……」

喜助は、言い終わると同時に俯いて下唇を噛んだ。

幽霊を見たあと、二人はてんでに逃げている。その後の消息が気になるのは、当然のことだ。

「捜しに行ったんですか？」

八十八が問うと、喜助は顔を上げた。

「捜すといっても、当てはありませんから、街をぶらぶらと歩き回っただけですがね。そしたら……」

喜助は、そこで言葉を切り、また唇を噛んで俯いた。

「何があったんですか？」

八十八が訊ねると、喜助は尚も俯いてしまった。

これでは話が進まない。困って熊吉に目を向けた。熊吉は、ふっと息を吐いてから、喜助の代わりに口を開いた。

「さっきの橋での騒ぎ――あの場所で、大治郎さんの骸が見つかった」

「む、骸！」

八十八は、思わず腰を浮かせた。

「そうだ。何でも、腹を横一文字に斬られていたんだと……」

「そんな……惨い……」

身体を駆け巡る震えとともに、八十八は絞り出すように言った。

周囲の重苦しい様子に、肩を落とした八十八だったが、引っかかりを覚えた。

「もしかして、それが幽霊の仕業だと？」

八十八が口にすると、熊吉が「そうとしか、考えられん」と口にした。

「そうだという根拠はあるのですか？」

八十八が訊ねると、熊吉が「うむ」と頷いてから口を開く。

「喜助さんが、幽霊を見たって屋敷は、ちょっと曰く付きでな」

「曰く？」

「詳しいことは、分からんが、どうも昔から幽霊が出ると噂があってな。今までも、あの場所で幽霊を見た人が、何人も死んでいるらしい」

「何と……」

鵜呑みにしてしまうのはどうかと思うが、それでも、喜助が見た幽霊と、大治郎が殺されたこととは、何か関係があるような気もする。

「次は、きっと私が殺される……そうに違いない……」

喜助は、両手を畳につき、震える声で言った。

今にも突っ伏してしまいそうなほど、恐怖に打ち震えていた。

「八。浮雲の旦那にお願いして、喜助さんを助けてやってはくれんか？」

浮雲とは、憑きもの落としを生業にしている男のことだ。

八十八の知り合いで、丸熊の馴染み客でもある。今まで何度も幽霊がらみの怪異事件を解決して来た腕利きだ。

熊吉の頼みとあれば、何としても力になりたいと思う。

それに、恐怖に震えている気の毒な喜助を、放っておくわけにもいかない。だが――。

「頼むのはいいのですが、浮雲さんは、少しばかり気難しい人なんです」

それが厄介なところだ。

憑きもの落としを生業にしているくせに、浮雲はひどく腰が重い。

「そうは見えねぇけどな」

熊吉が首を捻る。

丸熊の客としてしか、浮雲のことを知らない熊吉が、そう思うのは無理もない。

「それに、あの人は守銭奴なんです」

八十八自身、かつて浮雲に法外な謝礼をせびられたことがある。その上、手癖も悪く、財布の中身を盗まれたこともあるくらいだ。

「幾らかかるんだ？」

熊吉が、訊ねて来る。

そこがまた難しいところだ。浮雲は、その名の通り気分屋だ。五十両もの大金をふっかけることもあれば、無銭で手助けすることもある。

あの男には、一貫したものがないのだ。

「なんとも分からないんですよね。でも、熊さんの頼みでもあるし、浮雲さんも無下にはしないと思いますので、頼むだけ頼んでみます」

八十八は、不安を感じながらも、ため息混じりに言った。

二

「ちょっと。聞いてますか？」

八十八は、腕を枕に、床にごろんと横になっている男に声を掛けた。

古びて、傾きかけた神社の社の中である。

端整な顔立ちをしているが、髷も結わないぼさぼさ頭で、白い着物を着流しにし、赤い帯をだらしなく巻いている。

肌の色は、着物の色より白く、死人のようにも見える。

——浮雲だ。

「うるせぇな」

浮雲は、ぎろりと八十八を睨んだ。

その双眸は、血のように鮮やかな赤い色をしている。

今は社の中ということもあり、赤眼を晒しているが、外出時は、墨で眼を描いた赤い布で隠し、盲人のふりをしている。

八十八などは、綺麗な瞳なのだから、隠す必要もないと思うのだが、世の中の者はそうは思わないというのが浮雲の言い分だ。

浮雲の眼は、ただ赤く綺麗なだけではない。死者の魂——つまり幽霊が見えるのだ。

「せっかく話しているのですから、ちゃんと聞いて下さい。失礼です」

「他人の根城に勝手に上がり込んで、こっちの都合も考えず、ぺらぺらと怪談話を始めるのは、失礼じゃねぇのか？」

浮雲は気怠げに言いながら、大きなあくびをした。

毎度のことではあるが、なかなか口が達者だ。だが、八十八とて負けてはいない。この程度でへこたれていては、浮雲の重い腰を上げさせることはできない。

「浮雲さんは、憑きもの落としでしょ。私は仕事の話をしに来ているんです」

「つまらん御託を並べやがって。誰の入れ知恵だ？」

「土方さんです」

　土方は、八十八の父が営んでいる呉服屋に出入りしている薬の行商人で、八十八に浮雲を紹介した人物でもある。

「歳三の阿呆が」

　浮雲が、忌々しいという風に吐き捨てた。

「とにかく仕事の話なのですから、ちゃんと聞いて下さい」

　八十八が、ため息を吐くと、浮雲がむくりと起き上がった。

　ようやく話を聞く気になったのかと思ったら、置いてあった瓢を引き寄せ、盃に酒を注ぐと、それをぐいっと一息に呑み干した。

「何が仕事だ。どうせ酒に酔って、悪い夢でも見たんだろうさ」

　浮雲は、酒臭い息とともに言った。

「でも、現に人が死んでいるんです」

　それが問題だった。喜助と一緒に、幽霊を見た大治郎が死んでいるのだから、ただの夢だと切り捨てるわけにはいかない。

　八十八が深刻に訴えているにもかかわらず、浮雲は大あくびだ。

「おれの知ったことか」

「そんなこと言わないで下さい。喜助さんは、自分も呪い殺されるのではないかと、本当に困っているんです。謝礼も、ちゃんと出すと言ってますし――」

「だいたい、その喜助ってのは何者だ？」

浮雲の物言いに、八十八は長いため息を吐いた。

喜助については、最初に説明しておいたのだが、まったくもって聞いていなかったらしい。

「ですから、喜助さんは丸熊の馴染みの小間物屋の番頭です。蔵屋という店です」

「番頭とはいえただの町人に、謝礼が払えるとは思えねぇけどな」

二言目には金の話――やはり守銭奴だ。

文句の一つも言ってやりたいところだが、そんなことをして機嫌を損ねられたら、それこそ元も子もない。

「そんなこと言わずに、何とか助けてあげて下さい」

「だから、知らねぇよ」

「熊さんの頼みでもあるんです。丸熊には、ずいぶんと世話になっているじゃないですか」

熊吉から聞いたところによると、浮雲は、丸熊では付けで呑んでいるらしい。

好き放題やっているのだから、少しくらいは手助けすべきだ。

「知らねぇもんは、知らねぇよ」

「それ、本気で言ってます？」

「本気も本気さ」

浮雲は投げ遣りに言うと、瓢に直接口を付けて酒を呑み、着物の袖で口許を拭った。

あまりに不遜な態度に、八十八の苛立ちが募る。

「可哀想だとか、気の毒だとか、思わないんですか？」

「思わないね」

「なぜです？　それでも憑きもの落としですか？」

「憑きもの落としだから、知らねぇって言ってんだよ」

浮雲が瓢を乱暴に床の上に置いた。

「どういうことです？」

「まだ、分からんのか？　前にも言ったが、幽霊ってのは、死んだ人の想いの塊のようなものなんだ」

前々から、浮雲が言っている言葉だ。

死んだ人の想いの塊である幽霊は、実体のないものだから、触れたりすることはできない。

八十八には判断のしようがないが、幽霊が見える浮雲が言っているのだから、間違いないのだろう。

「それが、どうしたのですか？」

八十八が問うと、浮雲は苛立たしげに舌打ちをした。

「大治郎って浪人が死んだのは、幽霊の仕業じゃねぇ。人がやったことだ——」

浮雲の赤い双眸が、鋭く光った。

その迫力に気圧され、八十八は身体を仰け反らせて息を呑んだ。

「人が……」

「そういうことだ。だから、おれの出る幕じゃねぇ」

浮雲の言い分は分かる。

だが、本当に幽霊は、人を殺すことができないのだろうか？　現に大治郎は死んでいるのだ。それに——。

「仮に幽霊の仕業でなかったとしても、喜助さんが見た幽霊と、何か関係があると思うのですが……」

「どう関係があるんだ？」

「それは、分かりません。でも、少なくとも、喜助さんが幽霊を見た屋敷と沼には、何かあると思うんです」

八十八が言うと、浮雲の表情が一気に険しくなった。

「八よ。喜助って男が幽霊を見たってのは、まさか甲州街道沿いにある古い屋敷と、その裏手にある沼なのか？」

浮雲がぐいっと左の眉を吊(つ)り上げる。

喜助に起きた状況を説明するのに気を取られていて、具体的な場所についてはまだ話していなかった。それなのに——。

「どうして、それを知っているのですか？」

八十八が訊ねると、浮雲がすっと視線を逸(そ)らした。

「前から、噂はあったのさ」

「何のです？」

「決まっているだろ。その場所に、幽霊が出るって噂さ——」

浮雲は、苛立たしげにガリガリと、ぼさぼさの頭をかき回した。

「そうなんですか？　でしたら、やはり何らかの関係があると思われます」

八十八は、ぐいっと身を乗り出した。

浮雲は、それから逃れるように立ち上がる。その立ち姿は、いつ見ても凛としていて見惚(みと)れるほどだ。

「関係あるかもしれん。ないかもしれん。とにかく、放っておけ」

「しかし……」

「喜助って男にも、死にたくなければ、これ以上、方々で幽霊の話をするなと言っておけ――」

赤い双眸で、浮雲が八十八を見下ろす。

その眼はいつになく威圧的で、息が詰まるほどだった。

「待って下さい。やはり何か関係があるのですね」

「お前は、何も分かってねぇ」

「何がです？」

「少しは、自分で考えろ」

「考えて分からないから、訊いているのです」

「話は仕舞いだ。悪いが帰ってくれ」

浮雲は社の戸を開けて、出て行けと促す。

頑なで、これ以上の話は聞かないという意志が、ひしひしと伝わって来た。

浮雲は何だかんだ言いながら、困っている人を見たら、放っておけない。そういう情の厚い男だと思っていた。それなのに――。

「本当に、手助けはしてくれないのですか？」

「ああ。お前も、死にたくなければ、これ以上、余計なことはするな。さっさと帰って寝ろ」

ここまで拒絶されてしまっては、八十八にはもう打つ手はない。がっくりと肩を落としながら、社を出た――。

三

俯き加減にとぼとぼと歩いているところに、声をかけられた。ちょうど、神社の鳥居を潜ろうとしたときだ。

顔を上げると、知っている男がこちらに向かって歩いて来た。

「ああ。土方さん」

八十八が声を上げると、土方は穏やかな笑みを返して来た。

こうしていると、人当たりがよく、温厚な人物なのだが、土方はときおり異なる一面を見せることがある。

八十八はかつて、土方が浪人をいとも容易く討ち倒したところを目にしている。

ただの薬売りでないことは明らかだ。色々と訊いてみたい気もするが、土方が放つ独特の気色は、それを拒んでいるようで、今に至るも何も訊けていない。

「八十八さん――」

「あの男に用事ですか？」

土方が、ちらりと神社の社に目をやった。

「はい。そのはずだったのですが……」

八十八は、同じように神社の社に目を向けながら言った。

浮雲は、まだあの中にいるはずだ。もしかしたら、格子の隙間から、こちらを見ているかもしれない。

「断わられたようですね」

「ええ。困っているのに、あんなにも薄情な男だとは、思いもよりませんでした」

八十八がため息混じりに言うと、土方が「ああ」と声を上げた。

「あの男も、意外と忙しいのです」

「そうは思えませんけど……」

さっきも、横になってごろごろしたり、酒を呑んだりしていた。とても、忙しくしているようには見えない。

そもそも、いつも気怠げで酒ばかり呑んでいる浮雲が、忙しくしているところなど、見たことがない。

「実は今、少しばかり厄介な一件を抱えているんです」

「厄介な一件？」

「ええ。まあ、幽霊がらみなんですけどね。私が、無理に頼んだんです」

土方がやんわりとした口調で言った。

「そうだったんですか……」

それなら、忙しいから後にしてくれ——と、そう言ってくれればいい。あんな風に、けんもほろろに追い払われては、何も分からない。

「して、八十八さんは、どういう用件だったんですか？」

「幽霊に呪われて、殺されると怯えている人がいまして。それで、相談に乗ってもらおうとしたのですが……」

「そうでしたか。一応、話を聞きはしたのですね」

「はい。でも、自分の出る幕ではない——と追い払われました」

八十八が意気消沈しながら言うと、土方は声を上げて笑った。こちらからしてみれば、笑い事ではない。

土方をじっと見ていると、悪いと思ったのか、慌てて笑いを引っ込めた。

「まあ、あの男も莫迦ではありません。出る幕ではないと言うのなら、そういうことなのでしょう」

「しかし……」

「八十八さんは、真面目(まじめ)なのですね」

土方は、うんうんと何度も頷いた。

真面目か、不真面目か——と問われたら、真面目であるという自覚はある。だが、今の言い方だと、からかわれているような気がしてしまう。

「そういうことではなく、どうも釈然としないのです」

「何がです？」

「浮雲さんは、相談した一件が、幽霊とかかわりがあるようなことを言っていました。死にたくなければ、余計なことをするな——とも言われました。何か知っているような気がして、ならないのです」

八十八が言うと、土方は「そうですか——」と空を仰いだ。釣られて八十八も目を上げる。

入道雲がもくもくと立ち上っていた。

しばらくの沈黙のあと、土方は「うん」と一つ頷いてから言った。

「余計なことをするなと言ったのであれば、それを信じて待っていた方がいいでしょう」

土方は納得しているらしかったが、八十八からしてみれば、分からないことだらけで、何とも居心地が悪い。

「本当に、それでいいのでしょうか？」

「ええ。それでいいのです。あの男が言うのですから——」

口ぶりからして、土方は浮雲に全幅の信頼を寄せているらしい。

正直、浮雲のあの態度を見て、よく信頼できるものだと思う。それに、そうまで信頼するからには、何か理由があるように思われた。

「あの……土方さんは、どこで浮雲さんと知り合ったのですか？」

八十八が訊ねると、土方は少々、驚いた顔をした。

「話せば長くなります」

「ずいぶん、古い知り合いということですか？」

「いや、古いということでもないのです。ただ、事情が少しばかり複雑でしてね」

土方が、細い目をいっそう細めた。

意味深長な言い回しだ。こうなると、どんどん興味が湧いてくる。

「何があったのですか？」

「私としては、お話しするのはやぶさかではないのですが、おそらくあの男が嫌がるでしょう。今も格子の向こうから、見ているでしょうしね」

そう言って、土方は再び社に目をやった。

社からは物音一つ聞こえて来ないが、やはりあの格子の向こうから、じっとこちらを見ているのでは——という気になった。

「まあ、そのうち、分かることでしょう」

土方が、穏やかに言う。

「そうでしょうか？」

「人と人は、因果の糸で繋がっています。切ろうとして切れるものではありません。あの男が、どんなに嫌がっても、隠しおおせるものではありません」

「はあ……」

敢えて難しい言い回しを使い、八十八を煙に巻こうとしているような気がする。

「狩野遊山がそうであったように……」

「え？」

まさか、土方から狩野遊山の名前が出るとは思わなかった。

以前に、狩野遊山は、狩野派の絵師にして、絵に呪いを込め、それによって自ら手を汚すことなく、人を抹殺する呪術師だ。

以前に、狩野遊山とかかわり、八十八は、その恐ろしさを目の当たりにしている。

浮雲と狩野遊山の間に、何かしらの因縁があることは、察しがついていたが、今の口ぶりだと、それに土方もかかわっているらしい。

「余計なことを喋ってしまいましたね。では、私はこれで――」

立ち去ろうとした土方だったが、ふと足を止めた。

「もしかして、八十八さんが持ち込んだ幽霊の話というのは、甲州街道沿いにある、旗本の屋敷と沼にかかわるものですか？」

背中を向けたまま、土方が言った。

まさにその通りだ。

「なぜ、それを？」

「これも、因果かもしれませんね」

「どういうことです？」

「私も、今回の一件には、八十八さんはかかわらない方がいいと思います。因果の流れに、呑み込まれますよ」

――どういうことですか？

そう訊ねようとしたが、土方は八十八の問いから逃れるように鳥居を潜り、社に向かって歩いて行ってしまった。

呼び止めることもできたのだろうが、土方の背中から放たれる、殺気にも似た気配に押され、八十八は、ただ呆然と立ち尽くすことしかできなかった。

土方は、そのまま神社の社の中に、姿を消した。

遠くで雷の音が聞こえた――。

四

「こんにちは」

とぼとぼと、一人歩いているときに、声をかけられた。

顔を上げると、そこには伊織(いおり)の姿があった。

愛らしい丸顔に、柔らかい笑みを浮かべている。

稽古着に袴(はかま)姿が多い伊織だが、今日は艶(あで)やかな色の着物に身を包んでいた。着物に描かれた睡蓮(すいれん)の柄がよく似合っている。

「伊織さん――」

――なぜ、ここに？

そう訊こうとしたが、ここが伊織の屋敷の前であることに気付いた。

「どうしたんですか？　とても浮かない顔をしています」

伊織が、心配そうに八十八の顔を覗き込んだ。

清流のように澄んだ目に見つめられて、かあっと顔が上気していくのが分かった。何だか、妙に恥ずかしい。

「いえ、ちょっと色々と困っていまして――」

八十八は、視線を逸らしながら口にする。

「何かあったのですか？」

「幽霊がらみの事件の解決を頼まれまして、浮雲さんのところへ相談に行ったのですが、取り付く島なしといった感じでして」

「そうでしたか……」

伊織が、同情に満ちた視線を八十八に向ける。

そんな風にされると、妙なことを口にしてしまったことを、申し訳なく感じてしまう。

「いえ、いいのです。何とかしますから」

笑顔を浮かべてみたものの、自分でもぎこちないと感じる不自然なものだった。

そもそも、何とかしようにも、浮雲に断わられてしまったら、八十八にはもう当てがない。

「その幽霊がらみの事件というのは、どういったものですか？」

「え？」

なぜ、そんなことを訊くのか——八十八が首を傾げると、伊織がにっこりと笑みを浮かべた。

「私でよければ、お手伝いしますので、どういうお話か聞かせて下さい」

「いや、そんな……」

「いいんです。私は、何度も八十八さんに助けられているわけですから、少しくらいは手助けさせて下さい」

「いや、そんな……」

伊織は、過去の心霊事件でのことを言っているのだろうが、八十八は見ているだけで、手助けなど何一つしていない。

それに、呉服屋の倅(せがれ)である自分が、武家の娘である伊織に話を聞いてもらうなど、身の程知らずもいいところだ。

「ここではあれですね。中に入りましょう」

迷っている八十八とは対照的に、伊織はすっかりその気になっているようだった。

こうなると、無下にもできない。八十八は、伊織に案内されるままに、萩原(はぎわら)家の庭に面した部屋に入った。

この部屋に入るのは、もう何度目だろう。

身分が違う伊織に、懇意にしてもらっていることを、改めて考えると、何だか落ち着かない気持ちになる。

「それで、何があったのですか？」

腰を落ち着けたところで、伊織が訊ねて来た。

色々と思うところはあるが、ここまで来たら、黙っているわけにもいかない。

八十八は、喜助から聞いた話を、訥々と語って聞かせた。

「それは、恐ろしいですね――」

全てを話し終えると、伊織がしみじみといった感じで言った。

「はい。本当に恐ろしいです」

八十八は、実感とともに口にする。

ただ幽霊を見た――というだけではない。浮雲が何と言おうと、実際に大治郎という男が、腹を斬られて死んでいるのだ。

「橋で、骸が見つかったとは聞いていましたが、まさか幽霊が関係しているとは、思ってもみませんでした」

伊織が眉を下げ、その下の目に憂いを浮かべた。

そんな表情ですら、可愛らしく見えてしまうのが、伊織の不思議なところだ。

「ええ……」

「その屋敷の幽霊の話なら私も知っている」

不意に聞こえて来た声に、八十八は跳び上がる。

目を向けると、いつの間にか廊下の柱に寄りかかるようにして、伊織の兄である新太郎が立っていた。

「兄上！　驚かせないで下さい！」

伊織が怒った口調で言うが、当の新太郎は意に介さず、ゆらりと部屋に入って来て、腰を落ち着けた。

「別に、驚かせるつもりはなかったんだけどな」

新太郎はにこにこと笑みを浮かべる。

こうした飄々（ひょうひょう）とした振る舞いが、新太郎らしいところでもある。

「立ち聞きをするなんて、はしたないです」

伊織がむくれながら言う。

「立ち聞きをしたのではなく、偶々（たまたま）歩いて来たら、聞こえてしまったんだ」

「何です。その言い草は」

「まあ、いいではないか。色気のある話をしていたなら遠慮もするが、怪談話だからな」

「色気って……」

伊織は、微（かす）かに頬を赤らめて俯く。

どうやら、新太郎は八十八と伊織をからかっているらしい。

「伊織さん相手に、そんな無礼なことはしませんよ」

八十八は、苦笑いとともに口にした。

「八十八さんは、伊織のことが嫌いか？」

新太郎が小首を傾げる。

「そういう問題ではありません。身分が違い過ぎます」

町人である八十八と、武家の娘である伊織では、身分が違い過ぎて色恋などという話にはならない。

浮雲などは、床に入れば身分など関係ないと豪語しているが、そうはいかない。

表向き、武家と町人との婚姻は、幕府によって禁じられているのだ。

「確かに、それは厄介な問題だな」

新太郎が顎に手をやり、思案を巡らすように視線を漂わせた。本気なのか、からかっているのか、さっぱり分からない。

どちらにしても、話が逸れてしまっている。

八十八がそのことを指摘すると、新太郎は「そうだった」と、手を打ってから口を開いた。

「実は、その屋敷の怪談話なら、私も知っている。少しは、力になれるやもしれない」

「あの……知っているとは、どういうことでしょう？」

八十八が訊ねると、新太郎は「うむ」と頷いてから続ける。

「話題に出て来た屋敷だが、甲州街道沿いにある廃屋だよね。裏手に沼がある——」

「はい」

「そこは、元々は深見新左衛門殿の屋敷だったそうだ」

「有名な方なのですか？」

「新左衛門殿は、頭の切れる男だったらしく、かつては青山家に引けを取らないくらいに力を持っていたらしい。まあ、かなり阿漕なことをしていたとの噂もあるけどね……」

「そんな家が、なぜ廃墟に？」

「凶事があってね……」

新太郎が、すっと目を細めた。

本人は意識していないのだろうが、その淡々とした語り口調は、何とも恐ろしげだ。

「凶事――ですか」

「そう。今から、十年近く前だったかな。まずは、奥方が病に臥せってしまったんだ。原因不明で、ずいぶんと苦しんだらしい。そこで、新左衛門殿は、評判の医者を呼び寄せたんだが……」

新太郎は、そこまで言ったところで、ばつが悪そうに表情を歪めて俯いてしまった。

こんなところで、話を止められては気になって仕方ない。

「何があったんですか？」

八十八が訊ねると、新太郎はしばらくの間を置いてから、ふっと顔を上げた。

普段は、穏和で癒される顔立ちの新太郎が、このときばかりは、何かが憑いたかのような表情だった。

「新左衛門殿は、奥方もろとも、医者を斬り捨ててしまったらしい――」

「なっ……」

あまりのことに、八十八はその先の言葉が出なかった。

ふと脳裡に、血に塗れた刀を振り回す男の姿が浮かび、恐怖で全身が粟立った。

「なぜ、そのようなことを？」

八十八は震える声で訊ねた。

「どうしてだろう。正気を失ったのかもしれない」

「その後、新左衛門殿は、どうなったのですか？」

訊ねたのは伊織だった。

伊織の方も恐れを感じているのか、幾分、声が上ずっていた。

「新左衛門殿は、自ら腹を斬り、沼に浮かんでいるのが見つかった――」

新太郎が話を終えると、部屋に沈黙が訪れた。

八十八は、息苦しさを覚えた。

それが、夏の暑さ故なのか、新太郎によって語られた怪異譚が持つ、恐ろしさ故なのか、八十八には分からなかった。

「それ以来、あの場所では、ときおり幽霊の姿が見かけられるようになったらしい」

長い沈黙のあと、新太郎がぽつりと言った。

「では、喜助さんが見たのは、新左衛門さんの幽霊――ということですか？」

八十八が問うと、新太郎が一瞬だけ、視線を外に向けた。

釣られて目をやると、空に浮かぶ入道雲が見えた。さっきまでとは違い、灰のようなくすんだ色に変わっている。

「結論を出すのは、まだ早いかもしれない。私が聞いたのは、あくまで噂話だからね。それに、喜助さんという方が見たのが、本当に新左衛門殿の幽霊かは分からない……」

慎重過ぎるような気もするが、新太郎の意見にも一理ある。

何せ、八十八は幽霊を見ていないのだ。浮雲のように、見えるわけでもない。幽霊が何者かをはっきりさせてからでないと、手の打ちようがない。だが、問題は、どうやって確かめるか――だ。

八十八が思案していると、伊織が「そうだ」と声を上げた。

「その喜助さんという方に今一度会って、幽霊の似顔絵を描いてみてはどうでしょう？」

伊織の提案に、八十八は「なるほど――」と手を打った。

喜助からもう一度話を聞き、幽霊の人相を描いて、新左衛門を知っている人に見せてみれば、色々とはっきりするだろう。

五

八十八は、蔵屋という大暖簾（おおのれん）のかかった店の前に立った――。

一度、家に矢立（やたて）と紙を取りに帰ったので、店に到着したときには、もう夕方近くになっていた。

伊織も同行すると言い張ったのだが、八十八は断わった。

今回、伊織はまったく関係ない。あまり振り回すわけにもいかないし、仮にも武家の娘である伊織と、そこらを歩き回るのも気が引ける。何より、喜助が驚いて身構えてしまうだろう。

店に入ろうとしたとき、ふと誰かの視線を感じた。

顔を上げると、そこに一人の男が立っていた。見たことのある男だ。

菅笠を被った、背の高い男。今日、橋の袂（たもと）で、八十八が声をかけた人物だ。

「あっ！」

八十八が声を上げると、男は視線を逸らし、足早にどこかに歩き去ってしまった。

この店に、用事があったのだろうか？　それとも――まあ、こんなところで考えていても仕方ない。気を取り直してから、八十八は暖簾を潜った。

「ご免下さい」

店に入ると、棚を整理していた喜助が、はっと顔を上げた。

さっきにも増して、顔色が悪いような気がする。

「八十八さん——でしたね」

「はい」

「それで、いかがだったでしょうか？」

そう訊ねて来た喜助の顔には、はっきりと期待が込められていた。

こうなると、まだ何も進んでいないのだとは、非常に言い難い。どう答えるべきか迷っていると、奥から一人の女が出て来た。

年齢の頃は四十くらいだろうか。ぴんっと背筋を伸ばし、凛々しい顔立ちをした女だった。

「お客さん？」

女が喜助に問う。

「いえ、昨晩の幽霊のことで、少し相談に乗っていただいていまして……」

喜助が答えると、女は盛大にため息を吐いた。

「あんたは、まだそんなことを言ってるのかい？　悪い夢を見たんだよ」

女は、見た目の通り、しゃきしゃきとした口調で言う。

「違いますよ。私は確かに見たんです」

喜助がむきになって反論するが、女は一向に怯まなかった。

「犬か何かを見間違えたんだろ」

「そんなはずはありません。あれは、確かに人でした。それに、家の中にまで入って来たんです」

喜助は、すがるような視線を向けるが、女の方は一瞥しただけで、ふんっと鼻で笑い飛ばした。

「寝ぼけてたんだろうさ。毎晩遅くまで呑み歩いているから、そういう目に遭うんだよ。まあ、幽霊で良かったじゃないか。盗賊だったら、斬り殺されてるところだよ」

まくし立てられた喜助は、何かを言おうと口を開いたが、結局、それを呑み込んで、がっくりと肩を落とした。

「そんなことより、お久を見なかったかい？」

女が問う。

「さっきまで、いらしたと思うのですが……」

「また、こそこそと、あの男に会いに行ったのかね？」

「私には、何とも……」

喜助は苦い顔をして口籠(くちご)もる。

詳しい事情は分からないが、女が何やら苛立っていることだけは伝わって来た。

「まったく。仕方ないね。私は届け物に行って来るから、あとは任せたよ」

早口に言い終わるなり、女は風呂敷包みを抱え、足を踏みならすようにして店を出て行ってしまった。

何とも、勢いがある女だった。

「うちのお上(かみ)です」

喜助が、苦笑いを浮かべながら言った。

「そうだったんですか」

「昔は、あんなにつんけんしてなかったんですがね……亭主が、行方知れずになってからは、ずっとあんな調子で……」

「旦那さんは、どうしてしまったんですか？」

「それは、私にも分かりません。もう十年も前のことです。ある日、ふらっと出て行ったっきりです。女でもできたんじゃないかって、もっぱらの噂ですけどね」

喜助は、何とも言えない顔で頭をかいた。

「苦労したでしょうね」

「そりゃ、もう並大抵のことじゃありませんよ。舐(な)められないように、ああやって気丈に振る舞ってるんですよ」

「なるほど」

「まあ、最近は、お嬢さんにいい男ができたらしくて、そのことでも、苛々してらっしゃるんだと思います」

「縁談なら、苛々することはないんじゃないんですか？」

「相手は、最近になって流れて来た、素性の知れない男ですからね。ぴりぴりするのも、当然でしょうね」

喜助は、しみじみといった感じで口にした。

八十八は「へぇ」と相槌を打ち、改めて店の中を見回した。かなり古いが、手入れも掃除も行き届いている。

お上さんが、必死に店を守り続けているのは、もしかしたら旦那さんの帰りを待っているからなのかもしれない。

「それで、どうでした？」

喜助に声をかけられ、八十八ははっとなった。お上さんの勢いが凄くて、危うく本来の目的を忘れるところだった。

八十八は、改めて喜助に向き直った。

「実は……」

浮雲に断わられてしまったことを伝えるべきか、黙っておくべきか、迷いはあったが、今のところは黙っていようと決めた。

こちらで、色々と調べを進め、無理矢理にでも浮雲を巻き込もうという算段を巡らせたからだ。

「喜助さんは、幽霊の顔を覚えていますか？」

八十八が訊ねると、喜助は「へ？」と首を傾げた。

いきなり、こんなことを言っても、ぴんと来ないのは当然だ。

「まずは、幽霊がどこの誰だったのかを、調べてみようということになったのです」

「何だいそりゃ？　幽霊が、どこの誰かなんて関係あるんですか？」

喜助が怪訝な表情を浮かべる。

八十八も、浮雲との付き合いがなければ、同じ顔をしただろう。

「はい。この世に、どんな未練があって彷徨（さまよ）っているのか——それが分かれば、祓（はら）うことができます」

「へぇ。そういうものですか？」

喜助が感心したように、何度も頷く。

「それで、喜助さんの覚えている範囲で構わないので、幽霊の人相を教えて欲しいんです。私がそれを描いて、色々と訊いて回ります」

八十八が言うと、喜助の表情がさっと曇った。

「いや……瘦せた老人だったとは思うんですけどね……よく思い出せないんです」

喜助は、申し訳なさそうに首の後ろに手をやった。

酔って覚えていないということではなく、あまりに恐ろしくて、まともに顔を見ていない——といったところだろう。

とはいえ、このまま退き下がるわけにはいかない。

「覚えているところだけで構いません」

細かく描く必要はない。その人物の特徴が摑めれば、幽霊の正体を突き止める切っ掛けになるはずだ。

「そういうことなら……」

喜助が、何とも頼りない声で応じた。

六

八十八は、似顔絵を持ちながら、とぼとぼと歩いていた——。

喜助の記憶は、八十八が思っていたより、ずっと頼りないものだった。

瘦せた老人で、目は黒い穴のようだった——引き出せたのはその程度だった。伊織とやったときのように、色々と描いて見せたりもしたが、喜助の言葉は要領を得ないものだった。

一応、描き上げてはみたものの、とてもじゃないが、誰かを特定することなどできない。

「参ったな……」

八十八の呟きと、雷鳴が重なった。雲行きが、だいぶ怪しくなって来た。

夕立になりそうだ——。

浮雲に手を貸してもらえないなら、自分で何とかしようと思ったが、完全に手詰まりになってしまった。

このままでは、本当に喜助まで呪い殺されてしまうかもしれない。

——さて、どうしたものか？

やはり、もう一度、浮雲に掛け合ってみるしかないだろう。

考えを巡らせながら歩いていた八十八は、気付くと件の屋敷の前まで来ていた。

だいぶ長い間、放置されていたのだろう。庭は荒れ放題で、戸板は外れ、柱は傾き、屋根を苔が覆っている。

そして、裏手には沼があった。

水面に覆い被さるように雑草が生えている。暗く濁り、澱んでいて、生臭い臭いが立ちこめていた。

「あっ！」

八十八は、思わず声を上げた。

沼の縁に水面を覗き込むようにして立っている、男の姿を見かけたからだ。

背中を向けているが、その姿には見覚えがあった。菅笠を被った背の高い男だ。今日、あの男に会うのはこれで三度目だ――。

こうなると、単なる偶然とは思えない。

「あの……」

八十八が近付き、声をかけると、男はびくっと肩を震わせ、おどおどとした感じで振り返った。

目が合うと、向こうも八十八に気付いたらしく「あっ！」という顔をした。

「あなたは、なぜここに？」

声をかけると、男は踵を返して脱兎（だっと）の如（ごと）く、走り去ってしまった。

あとを追いかけようとしたが、男の足は速く、とても追いつけそうになかった。せっかく摑みかけたものが、するすると指の間を抜けていった感じだ。

ため息を吐いたところで、頰にポツッと雨が落ちた。それは、瞬（またた）く間に勢いを増し、桶（おけ）をひっくり返したような大雨になった。

八十八は、雨を凌ぐために、慌てて屋敷の軒下に逃げ込んだ。

空が光ったかと思うと、ゴロゴロッと雷が鳴った。

夕立だろうから、すぐに止むと思うが、しばらくはここで雨宿りをするしかなさそうだ。

——本当に散々な一日だった。

八十八は、ふうっと息を吐き、何気なしに戸の隙間から、屋敷の中を覗き込んだ。

中は、暗くてよく見えない。

再び稲光が走った。

その一瞬の光に照らされて、八十八が覗いている部屋の中に、掛け軸がかかっているのが見えた。

ほんの一瞬だったが、その掛け軸に、絵が見えた。

——あれは。

八十八は、予感めいたものに誘われ、戸をゆっくりと開けた。

部屋の中が、わずかだが明るくなった。

やはりそこには掛け軸があり、絵が描かれている。八十八は、その作風に見覚えがあった。

意を決して、部屋の中に足を踏み入れる。

畳が腐っているのか、ずぶっと足が沈み込んだような気がした。

そのまま、歩みを進め、掛け軸の絵の前に立った。

薄暗がりの中、しかと絵を見つめる。

何とも不気味な絵だった。

睡蓮の花が咲く池があり、その中から痩せこけた老人が、枯れ木のような手を伸ばし、ぬうっと這い出て来る様が描かれている。

老人の顔色は土気色で、表情もなく、目は穴のように暗い。そのくせ、今にも絵の中から這い出て来そうな、圧倒的な迫力をもっている。

この絵を見て八十八が抱いた感情はただ一つ――恐怖だ。

絵の右下に目を向けると、絵師の落款が確認できた。埃で煤けてはいるが、どうにか文字を読むことはできる。

「狩野遊山――」

八十八は、絵師の名を読み上げた。

それと同時に、ぶるぶると身体が震えた。雨に濡れ、身体が冷えたというのもあるだろう。だが、当然それだけではない。

狩野遊山とは、以前に顔を合わせたことがある。

ただの絵師ではない。狩野遊山は絵を呪詛の目印とし、人の心を操り、自らの手を汚すことなく、人を死に追いやる呪術師だ。

新太郎から聞いた、この屋敷にまつわる話が脳裡を過(よぎ)る。

奥方が病に臥せったのを切っ掛けに、新左衛門が異常を来(きた)し、医師と奥方を斬り捨ててしまった。

それはやはり、狩野遊山の仕業だったのだろうか？

いや、きっとそうに違いない。浮雲は、そのことを知っていたからこそ、今回の一件にかかわることを拒絶したのだ。

八十八にも、死にたくなければ、余計なことはするなと忠告した。

にもかかわらず、八十八は不用意にこの一件にかかわり、狩野遊山の絵に近付いてしまった。

耳鳴りがした。息が苦しい。

この部屋は、狩野遊山の呪詛に満ちている。

八十八は、慌てて屋敷を飛び出した。雨が、ざあざあと身体を打ちつける。

走って家まで逃げ帰ろうとしたが、何歩も行かぬうちに、ぬかるみに足を取られ、前のめりに転んでしまった。

泥だらけになりながら顔を上げると、すぐ目の前に沼が見えた。

叩き付ける大粒の雨が、沼の水面で、びちゃびちゃと音を立てて跳ねている。

臭いが――沼の臭いが、八十八の心を蝕(むしば)んでいくようだった。

――逃げなければ。

八十八は、その思いに駆られて立ち上がる。

ふと、沼の真ん中に、黒い影のようなものが見えた。

――あれは何だ？

目を凝らすが、雨のせいかよく見えない。

ピカッと空が光り、雷鳴が轟(とどろ)く。

青白い光に照らされたのは、人だった――。

沼の真ん中に、人が立っていた。

あれは、いったい何だ？　あれが、喜助の見た幽霊なのか？　それとも、狩野遊山が放った呪詛によって生み出された何かなのか？

八十八は、混乱しながら後退ろうとしたが、背中に何かが当たった。

木にぶつかったのだろうか？　いや、こんなところに、木はなかったはずだ。振り返ろうとしたが、それより先に、背中をどんと押された。

強い力で押され、八十八は、よたよたと前につんのめる。体勢を立て直そうとしたが、足許が滑り、余計にふらついた。

気付いたときには、沼の縁に尻餅をついていた。

立ち上がろうとした八十八の足に、ぴたりと冷たい何かが触れた。

視線を落とした八十八は、ぎょっとした。

それは人の手だった。

枯れ木のように細い手だ——。

それが、沼の中からぬうっと突き出て、八十八の足首を摑んでいたのだ。

まるで狩野遊山の絵、そのもののように、沼の中から、黒い何かが這い出そうとしているようだった。

「わっ！」

逃げだそうとした八十八だったが、ずるっと足許が滑った。

あっと思ったときにはもう——沼の中に落ちていた。

必死にもがいてみたものの、もがけばもがくほどに、八十八の身体はずぶずぶと沼の中に沈み込んでいく。

生臭く濁った水を飲んでしまった。

息ができなくなり、やがて、抗う力すら失い、八十八の身体は、深い沼の中に沈んでいく。

——許すまじ。

消えゆく意識の中で八十八は、嗄れた老人のような声を聞いた。

七

ひどく蒸し暑く、息苦しさを覚えた。

額に、あるいは首筋に、べたべたとした汗がまとわりつく。だが、その汗は、すぐに拭われた。

指先に、ひんやりとした何かが触れた。

見えない。何も見えない。だが、それが人の手であることを、何となく感じた。

じわっと心の奥が、溶け出していくようだった。

にゃーと猫の鳴き声がした。

ふつふつと、お湯が沸く音も聞こえてくる。

それに混じって、誰かに名を呼ばれた気がした。とても涼やかで、心が洗われるような美しい声だ。

——誰だろう？

そんなことをぼんやりと考えていると、真っ暗な世界に、うっすらと光が浮かんだ。

何だか、この光の先に行ったら、もう戻って来られなくなる気がした。

不安が胸を覆い尽くし、それは怖さへと変わっていった。身体が震える。そんな心情を察してくれたのか、指先に触れていた手が動き、手を強く握ってくれた。

ここに留まれ——そう言われているような気がした。

だから、その手を握り返した。

——八十八さん。

また声がした。今度は、さっきより、はっきりと聞こえる。

声に導かれるように、八十八は、瞼を微かに開けた。強い光が入り込んで来て、目が眩む。

——いったい、ここはどこだろう？

どこかは分からないが、この手を握っていると、とても心地いい。

「さっさと起きやがれ！」

急に聞こえて来た声に、八十八の意識は一気に覚醒した。

それと同時に、様々な光景が脳裡を過り、がばっと身を起こした。

激しい目眩のあと、目の奥がずんずんと痛み、八十八は目頭を押さえる。身体の節々がぎしぎしと音を立てて軋む。

肩で大きく呼吸をすると、誰かが背中を撫でてくれた。

「大丈夫ですか？」

「はい——」

返事をしつつ目を向けると、霞がかった視界の向こうに、知っている顔があった。

「い、伊織さん！」

八十八は、驚きとともに声を上げた。

伊織は、ふっと大きく息を吐くと、優しい笑みを浮かべた。

「本当に良かった。一時は、どうなるかと思いました」

そう言った伊織の目に、うっすらと涙の膜が張っていた。

八十八は、ここでようやく自分が握っているのが、伊織の手であることに気付き、慌てて手を離した。

意識が混濁していたとはいえ、何と図々しいことをしてしまったのか——。

「す、すみません」

詫びを入れると、伊織は微かに頬を赤らめながら、「いいんです」と首を左右に振った。

段々と状況が呑み込めて来た。

八十八がいるのは、板張りの小さな部屋だった。薄い布団が敷かれていて、そこに寝ていたらしい。

状況が分かると同時に、次々と疑問が浮かんでくる。

なぜ、伊織がここに？　そもそも、ここはどこだ？　沼に落ちたはずなのに、いったい何が起きたんだ？

「いい加減に、しゃきっとしろ」

拳骨（げんこつ）が落ちて来た。

目を向けると、いつもと同じ、白い着物を着流しにした浮雲が、不機嫌そうに八十八を見下ろしていた。

「浮雲さん……なぜ？」

八十八が声を上げると、浮雲はふんっと不機嫌そうに鼻を鳴らして、その場にあぐらをかいて座った。

「まったく。あれほど、余計なことをするなと言っておいたのに……」

吐き出すように言ったあと、浮雲は瓢（ひさご）の酒を盃に注ぎ、ぐいっと呑んだ。

確かに言われていた。八十八は、その言いつけを守らず色々と嗅ぎ回り、その挙句に沼に落ちたのだ。

「私は、なぜここに？」

八十八が問うと、障子が開き、小石川宗典（こいしかわそうてん）が顔を出した。

小石川とは以前、とある怪異事件のときに顔を合わせている。年齢（とし）も若く、頼り無さそうな風貌をしているが、診療所の医師だ。

ということは、ここは小石川の診療所なのだろう。

「目を覚ましたようですね」

小石川は穏やかな口調で言うと、手早く八十八の身体の状態を確認していく。

「うん。大丈夫なようですね」

一通り終えたところで、小石川が大きく頷いた。

「あの……私はいったい？」

八十八は、改めて小石川に訊ねた。

「沼で溺れているところを、運よく通りかかった人がいましてね、ここまで運んでくれたんですよ」

小石川の説明に納得すると同時に、疑問も浮かんだ。

あの辺りは、人通りがほとんどない。しかも、あの土砂降りの中だ。

「いったい誰が？」

八十八が訊ねると、小石川が「うーん」と首を傾げた。

「それが、少し妙でしてね……」

「妙？」

「ええ。あなたを担ぎ込んだあと、その方は、逃げるように出て行ってしまったんです。名前も告げずに」

「そうですか……」

名乗ってくれれば良さそうなものなのに——面倒を嫌ったのか？　或いは名乗りたくない事情でもあったのだろうか？

助けてもらったのは有り難いが、何とも釈然としない。

「八十八さんが運び込まれたときに、偶々、伊織さんが薬を取りに来ていましてね。そのまま、ずっと看病してくれていたんです」

小石川が、そう付け加えた。

「伊織さんが……」

八十八が、驚きとともに顔を向けると、伊織ははにかんだ笑みを浮かべた。

「いえ。昨晩は、お小夜さんが看病していました。今は、隣の部屋で眠っておられます」

伊織が、ちらりと障子の向こうに目を向けた。

「そうでしたか……」

八十八も障子に目を向け、ため息混じりに言った。

姉のお小夜にも、ずいぶんと心配をかけることになってしまったらしい。

「お小夜さんに報せに行ったのも、伊織さんです。それから、浮雲さんにも報せてくれました」

小石川が丁寧に説明する。

どうやら、たくさんの人の手を煩わせてしまったらしい。

「本当にありがとうございます。それと、ご迷惑をおかけして、申し訳ありませんでした」

八十八は、改まって座り直し、深く頭を下げた。

今、こうして話していられるのは、多くの人の助けがあってのことだ。

「まったくだ！　ど阿呆が！」

吐き捨てるように言ったのは、浮雲だった。

赤い双眸が、八十八を射貫く。この場にいる者はみな、浮雲の赤い眼のことを知っているので、今は布で隠していない。

責められるのは、当然でもあるし、阿呆であることは認める。だが、八十八にも言い分はある。

「しかし、喜助さんを放っておくことはできません」

八十八が口にすると、浮雲はふんっと鼻を鳴らして笑った。

「お前は、どこまでもお節介な野郎だな」

浮雲は瓢の酒を、盃に注ぐと、ぐいっと一息に呑み干した。

「そうかもしれません。でも……」

「妙な男だ」

浮雲は、八十八の言葉を遮った。

「何が妙なのですか？」

「大人しい顔をして、頑固で跳ねっ返りだ。自分一人では、何にもできねぇくせに、誰かの世話を焼きたがる」

「そうでしょうか？」

何もできないことは認める。だが、それほど頑固でもないし、跳ねっ返りなつもりもない。

「その上、自分のことが分かっていない阿呆だ」

浮雲が八十八の額を、軽く小突いた。

「痛いです」

本当は痛くなどないが、浮雲を睨んでみた。

「人騒がせな阿呆のくせに、なぜか八の周りには人が集まる——」

浮雲は呟くように言ったあと、脇に置いてあった金剛杖を持ち、すっと立ち上がった。

わずかに差し込む日の光を受けた浮雲の立ち姿は、何とも神々しく感じられた。

「いいだろう。沼を彷徨う霊を、祓ってやろうじゃねぇか」

浮雲が、にいっと口許に笑みを浮かべた。

「本当ですか？」

色々とあったが、浮雲が動いてくれるなら心強い。

「中途半端に動いて、死なれても困るからな」

「私のことを、心配してくれているのですか？」

「そんなわけねぇだろ」

「でも……」

「おれは、幽霊が見えるんだ。死んだあとに、二六時中うろうろされても迷惑だ」

「死んでまで、浮雲さんの周りをうろついたりしません」

「どうだか」

浮雲が、嘲(あざけ)るように笑った。

気分屋で、女と金にだらしない、癖のある男であるのだが、浮雲の笑みを見ると、ほっとするから不思議だ。

「さて、行くとするか——」

浮雲が、金剛杖でドンッと床を突いた。

八

八十八は、蔵屋に足を運んだ——。

お小夜や伊織の看病の甲斐あってか、すぐに回復はしたのだが、一度、家に帰ったりしているうちに、だいぶ時間が経ち、空はすっかり朱く染まっていた。

「浮雲さんは、何を考えているのでしょう？」

隣に立つ伊織が、訊ねて来た。

一人で大丈夫だと言ったのだが、伊織がついて行くと聞かなかった。

昨日、一緒に行動しなかった結果として、八十八が沼に落ちたのを気にしているのだろう。

八十八を守る気概に溢れ、袴姿に木刀を携えている。

伊織の剣の腕は、八十八もよく知っている。守ってくれるのは頼もしいのだが、守られている自分が情けなくなる。

「私にも、分かりません。でも、信じていいと思います」

八十八は、自分に言い聞かせるように大きく頷いてみせた。

蔵屋に足を運んだのは、浮雲からの指示だ。

あのあと八十八は、昨日の出来事を全て浮雲に説明した。

しばらく考えに耽ったあと、浮雲は八十八に、蔵屋に行き、ある人物を沼の前まで連れてくるようにという指示を出した。

その口ぶりは自信に満ちていて、全てを把握しているかのようだった。

「信頼しているのですね」

伊織が、嬉しそうに笑みを浮かべた。

「はい」

八十八は、即座に応じた。

浮雲は常に酒ばかり呑んでいるし、手癖も悪い守銭奴だ。

およそ褒めるべきところがないように思われるが、それでも、憑きもの落としとしての腕は一流だ。

もちろん、それだけではない。

雲のように、摑みどころのない男だが、心の内には熱い情を持っている。

「行きましょう」

八十八は、伊織に声をかけてから暖簾を潜った。

昨日と同じように、喜助が小間物の並んだ棚を整理していた。それともう一人。店の土間を掃除している女の姿があった。

雰囲気はおっとりしているが、顔つきがお上さんによく似ている。

もしかしたら、娘のお久なのかもしれない。

「無事だったんですか？」

八十八に気付いた喜助が、幽霊でも見るかのような顔で言った。

沼に落ちて溺れたという話は、もう伝わっているはずだ。大治郎のこともあるし、まさに幽霊でも見た気になったのだろう。

「ええ。お陰さまで――」

「いやぁ、本当に良かった」

「運よく通りかかった人に、助けてもらったのです」

「やはり、あれですか。幽霊に、殺されかけたんですか？」

喜助が上ずった声で訊ねて来る。

「それが、よく覚えていないんです……」

八十八は、頭をかきながら答えた。

枯れ木のような手に摑まれ、沼に引きずり込まれたような気がするが、浮雲は、幽霊には実体がないのだから、足を引っ張るなどできないと断言した。

そう言われると、あれは幻であったのかもしれない――という気になる。

足を摑まれた、摑まれないはさておき、消えゆく意識の中で「許すまじ――」という老人の声を聞いたのだけは確かだ。

今でも、あの憎しみに満ちた声が、耳にまとわりついているような気がする。

「そうですか。でも、きっと幽霊の仕業に違いありません。大治郎さんのときと、同じです」

喜助は、熱っぽく語った。

土間を掃除していた女が、半ば呆気に取られながら、そのやり取りを見ていた。

「あの、もしかして……」

八十八が口にすると、喜助は「お久さんです」と口にした。

やはり、お上さんの娘だったらしい。

お久は大人しい性質らしく、何も言わずに軽く会釈だけした。

「もしかして、そちらが例の憑きもの落としの先生でいらっしゃいますか？」

今度は、喜助が伊織に視線を向けながら訊ねて来た。

八十八は、伊織を紹介したものの、武家である萩原家の娘の伊織が、町人の八十八と一緒にいることの説明が上手くできず、妙な空気になってしまった。とはいえ、そこにかかずらっている暇はない。

別に、ここに雑談をしに来たわけではないのだ。

「実は、お話がありまして……」

八十八が切り出したところで、お久は黙って奥に引っ込もうとした。八十八は、慌ててそれを呼び止める。

「あの、お久さんにも、聞いて頂きたい話なのです」

「私も……ですか？」

お久は、消え入りそうな声で言うと、これでもかというくらい怪訝な顔をした。

訝しがるのも無理はない。だが、どうしても、お久にも話を聞いてもらわなければならない。

なぜか――と問われると困る。それが、浮雲の指示なのだ。

「お願いします」

八十八が頭を下げると、お久は困惑しながらも、こちらに向き直った。

一応、話は聞いてくれるらしい。

「で、話ってのは、やはり幽霊のことなんですよね」

喜助が言った。

「はい。とても大切なことで……」

八十八が言いかけたところで、お上さんが店に入って来た。

風呂敷包みを抱えている。どこかに用足しに行った帰りといったところだろう。

「こんにちは――」

八十八が挨拶をすると、お上さんは顔を覚えていたらしく「昨日の……」と声を上げた。

「まだ、幽霊がどうしたって話をしているのかい？」

お上さんは、呆れたように言いながら、喜助に目を向けた。

喜助の方は、居心地が悪いらしく、目を逸らした。

お上さんが、幽霊の一件に、あまりいい感情を抱いていないのは分かっている。しかし、それでも、話を進めなければならない。

「実は、その件で、少しお話が……」

「私にかい？」

お上さんが、きょとんと目を丸くした。

「はい。みなさんに、聞いて頂きたいのです」

「何の話だか知らないけど、私は幽霊なんて信じちゃいないよ。そんなものは、まやかしだからね」

「まやかしではありません。幽霊はいます」

八十八は、強く主張した。

浮雲と出会うまでは、半信半疑だった。だが、幾つもの怪異事件を経験していく中で、八十八は幽霊が確かに存在していることを知った。

「仮にいたとしても、商売には、何の役にも立ちゃしないよ」

お上さんは、現実的なものの見方をする人物のようだ。

「そう言わずに、話だけでも聞いて下さい」

「私は、忙しいんだよ」

お上さんは、追い払うように手を振ると、そのまま奥に入って行こうとする。

それを呼び止めたのは、伊織だった。

「此度の幽霊の一件、この店に関係のあることなんです」

伊織の言葉に、お上さんがぴたりと動きを止めた。

ゆっくりと振り返ったお上さんの顔には、疑念が浮かんでいた。

「どういうことだい？」

お上さんが眉間に皺を寄せ、首を傾げながら訊ねる。

伊織が答えるかと思っていたが、口を開くことなく、八十八に視線を向けた。続きは、引き受けろということらしい。

八十八は、小さく頷いてから、お上さんの顔を真っ直ぐに見据える。

「十年ほど前に、ご主人が行方知れずになったと聞いています」

「それがどうしたんだい？」

「今度の一件、そのご主人の行方にかかわることなんです」

もちろん、八十八の考えではない。

浮雲がそう言ったのだ。もし、蔵屋の人々が来ることを渋ったら、そう言えと指示されていた。

故に、今言ったことの真偽については知らない。

「そりゃ、どういうことだい？　その幽霊が、うちの亭主だとでも言うのかい？」

お上さんの目が、微かに揺れた。

そこに秘められた感情が、哀しみなのか、あるいは恐れなのか、八十八には分からなかった。

ただ、お上さんの中で何かが動いたのだけは伝わって来た。

「そんなはずはない」

掠れた声で言ったのは、喜助だった。

顎の震えに合わせて、その声までもが震えていた。

「私は、幽霊の顔を見ているんだ。あれは、旦那さんの顔じゃなかった」

喜助がそう続けた。

実際に、幽霊を見ている喜助が、違うと言っているのだから、その通りなのだろう。

「関係があると言っただけで、幽霊の正体が、旦那さんだとは言っていません」

八十八が言うと、お上さんの眉間に再び皺が寄った。

「じゃあ、どう関係があるんだい？」

お上さんの問いに答えることができなかった。

なぜなら、その答えを知らないからだ。八十八も、浮雲から詳しい説明を受けていないのだ。

「私にも、詳しくは分かりません。ただ……」

「何だい？」

「関係あることは間違いありません。お手数ですが、どうか私と一緒に来て下さい――」

八十八は、腰を折って頭を下げた。

どれくらい、そうしていたのだろう。お上さんが小さくため息を吐いた。

九

八十八たちが、沼の前に到着すると、そこにはもう浮雲の姿があった――。

薄暗がりの中、いつもと変わらぬ白い着物を着流し、腰に赤い帯を巻いている。金剛杖を突いて佇むその姿は、まるで幽鬼のようだった。

憑きもの落としをする前の浮雲は、いつも異様な空気を纏っている。

生きた人であるはずなのに、すでに死人であるかのような――この世とあの世の間に立っている。

八十八は、そんな気がしてならない。

「あれは？」

すぐ後ろを歩いて来た喜助が訊ねた。

「憑きもの落としの浮雲さんです」

「あれが……」

浮雲の姿に恐れをなしたのか、喜助が息を呑んだ。

「こんなところに連れて来て、何をしようっていうんだい？」

訊ねて来たのは、お上さんだった。隣には、娘のお久の姿もある。もちろん、伊織も一緒だ。

「憑きものを落とすのです」

八十八が言うと、お上さんは嫌そうに表情を歪めた。

「私には、憑きものなど憑いちゃいないよ。幽霊を見たのは、喜助だからね」

お上さんの言い分はもっともだ。

八十八だって、同じことを思っている。なぜ、浮雲は喜助だけでなく、お上さんや娘のお久まで連れて来させたのか？

「自分では気付いていないだけで、あんたらにも、憑きものは憑いている」

浮雲の声がした。

背中を向けてはいたが、話はしっかりと聞いていたらしい。

「どういうことです？」

お上さんが訊ねると、浮雲はゆっくりと振り返った。

赤い布を巻いて、自らの赤い双眸を覆い隠している。代わりに、布に墨で描かれた眼が、不気味にその場にいる者たちを見つめる。

喜助が、お久が、その異様な風貌を目にして、悲鳴にも似た声を上げた。

お上さんは辛うじて声こそ上げなかったが、口に手を当てて、驚きの表情を浮かべている。

「この沼にはね——幽霊が彷徨っているんですよ」

浮雲は、金剛杖で沼を指し示した。

夜の帳が下り、沼の黒い水面に、ぽっかりと月が浮かんでいる。

「や、やはり、幽霊がいるんですね。早く追っ払って下さい」

喜助が恐怖に震えながら、浮雲にすがり付く。

浮雲は、布に描かれた眼で喜助を一瞥すると、それを振り払った。

よたよたと泥の上に尻餅をついた喜助は、浮雲を見上げて呆然としている。よもや、こんなにも乱暴に扱われるとは思っていなかったのだろう。

「浮雲さん！」

いくら何でも酷すぎる。喜助は、まがりなりにも頼み人なのだ。

浮雲は、八十八の抗議などお構い無しに、金剛杖を肩に担ぐと、腰に吊るした瓢を取り、直接口を付けて酒を呑んだ。

「八。お前は、沼で溺れたとき、男の声を聞いた——そう言っていたな」

浮雲が、布に描かれた眼を向ける。

八十八は、一瞬息を詰まらせた。赤い双眸は怖くないのだが、布に描かれている墨の眼は、どういうわけか怖い。

「はい」

「何と言っていた？」

「許すまじ——そう言っていました」

八十八が答えると、浮雲は満足そうに大きく頷いた。

「さて、この沼を彷徨っている幽霊は、いったいどこの誰で、何を許すまじと言っているのか？」

浮雲が一同を見回しながら問う。

「そんなのは、何だっていい。さっさと祓ってくれればいいんだ。あんたは、憑きもの落としなんだろ」

さっき、振り払われたのが、相当に気に入らなかったのだろう。喜助が、立ち上がりながら声を荒らげる。

だが、そんなことで動じる浮雲ではない。

「おれの憑きもの落としの方法は、他とは少しばかり違っていてね……」

「みな同じだろう」

喜助が食ってかかる。

「違う。札や経文は使わん。幽霊が現世に留まり、彷徨っている原因を見つけ出し、それを取り除いてやることで、霊を祓うのさ――」

浮雲が、再び瓢の酒を呑む。

「何を言ってるんだ？　こんな呑んだくれに、本当に憑きものが落とせるのか？」

文句を並べる喜助を置き去りに、浮雲は話を続ける。

「最初に言っておこう。この沼に彷徨っている幽霊は――」

浮雲は、そこまで言ったところで言葉を切り、お上さんの前にずいっと歩み寄った。

「な、何さ……」

お上さんは、浮雲の迫力におののいたのか、わずかに後退る。

「十年前――行方不明になった、あんたの亭主。甚蔵だ」

浮雲の言葉が月夜に響いた。

喜助も、お久も、口をあんぐりと開けて、呆気に取られている。

だが――お上さんだけは、さっきまでと変わらぬ顔で浮雲を見返していた。

その目は、まるで虚無を見つめているように、力がなかった。

「そんな……信じられません……」

お久が、涙に濡れた声を上げた。

その気持ちは、痛いほどに分かる。十年も前に、行方知れずになった父親が、今になって死んでいたと言われても、納得できないだろう。

「そうです。何を根拠に、そんな出鱈目を言っているんですか？」

喜助が突っかかるようにして言う。

浮雲は、ふうっと息を吐きながら長い髪をかきあげた。

「根拠ならあるさ。まあ、それは、おれが喋るよりも、別の奴に語ってもらおう」

浮雲は金剛杖で地面を突いた。

それが合図であったらしく、屋敷の陰から、黄色い光が浮かび出て、こちらに近付いて来た。

人魂かと思ったが違った。提灯の灯りだった。

その灯りに照らされて、歩いて来る人物の姿が見えた。

提灯を持ち、先頭を歩いて来たのは土方だった。そして、その背中に隠れるように、もう一人、男の姿があった。

「あっ！」

八十八は、思わず声を上げる。

「知っている人ですか？」

伊織に訊ねられ、返答に困ってしまった。

顔を知っているだけで、その人物が何者なのかは知らない。

大治郎の骸が見つかった橋の袂。それに、蔵屋の前。さらには、沼の前と一日のうちに三度も見かけた人物だ。

「松吉さん……」

驚きの表情で口にしたのは、お久だった。

松吉と呼ばれた男は、何かを堪えるように口を一文字に結び、軽く会釈を返した。

雰囲気から察して、ただの知り合いということではなく、もっと深い関係であるように思われる。

「どういうことですか？」

八十八が訊ねると、浮雲は「歳。話してやれ」と、土方に促した。

土方は、目を細めて穏やかな笑みを浮かべると、大きく頷いてから口を開いた。

「松吉さんは、私と同じ薬の行商人です。昔の馴染みでしてね」

確かに前に松吉と出会ったとき、行商人の恰好をして、背負子を担いでいた。

松吉は「へい」と掠れた声で応じる。

「察しはついていると思いますが、松吉さんと、お久さんは、恋仲にあります」

——そうだったのか。

喜助から、お久には恋仲になった男がいると聞いていたが、それが目の前にいる松吉というわけだ。

だが、なぜ、その松吉までこの場所に連れ出したのか？

いや違う。松吉は、ずっと怪しかった。怪異現象の調べをする八十八の動きを先回りするように、行く先々で顔を合わせた。

「この人は……」

喋ろうとした八十八だったが、浮雲に口を押さえられた。

余計なことは言うなということらしい。腑に落ちないが、こうなったら浮雲に任せるしかない。

「松吉。聞かせてはくれないか。なぜ、甚蔵が死んだのか——」

浮雲が、布に描かれた眼で、松吉を見据える。

しばし迷ったように目を泳がせた松吉だったが、やがて覚悟を決めたのか、重い口を開いた。

「甚蔵さんは、あの屋敷の主、深見新左衛門に斬り殺されたのです——」

松吉が、月明かりの中に佇む古い屋敷を指差した。

全員の視線が、一斉に注がれる。

「斬り殺されたとは、どういうことですか？」

疑問を投げかけたのは、伊織だった。

「新左衛門は、金遣いの荒い男でした。方々に金を借りていました。その一人が、甚蔵さんでした」

松吉は、訥々と語り出した。

「甚蔵さんは、あの日、貸した金を返して欲しいと、新左衛門の許を訪れたのです。返す、返さないの口論になった挙句……」

松吉は、言葉を濁したものの、その先はわざわざ聞くまでもなく、ここにいる全員が理解した。

逆上した新左衛門が、甚蔵を斬り殺してしまったのだろう。

「それで、どうなったのですか？」

八十八が訊ねると、松吉はぎゅっと拳を強く握ってから、話を続ける。

「新左衛門は、甚蔵さんの骸を、屋敷の裏手にあるその沼に捨て、何ごともなかったかのように振る舞いました」

松吉が、暗い沼をすうっと指差した。

風が吹き、沼の周りを覆っている雑草が、がさがさと音を立てて揺れた。

「何でそんな……」

お久が、突然に突きつけられた事実に耐えきれなくなったのか、へなへなとその場に座り込んでしまった。

松吉は、そんなお久に駆け寄ろうとしたが、唇を噛んで動きを止めた。

まるで触れてはいけないと、自分に言い聞かせているようだ。

「なぜ、そのようなことを松吉さんがご存じなのですか？」

伊織が言う。

まさにその通りだ。なぜ、松吉は、新左衛門が覆い隠した事実を知っているのか？

答えを求めて浮雲に目を向ける。

「松吉。教えてやれ」

浮雲の言葉に、松吉ははっと息を呑む。

どんな事情があるのかは分からないが、言うべきか否(いな)か、迷っているのがひしひしと伝わって来た。

松吉は「ぐうぅ」と唸りのような声を上げ、俯いてしまった。

土方は、そんな松吉の肩に手を置き、その耳許で何ごとかを囁いた。何と言ったのかは分からない。だが、その一言で、松吉は覚悟を決めたらしく、表情が変わった。

「私は、新左衛門の息子です――」

唐突とも言える松吉の告白に、その場は凍りついた。

八十八と伊織が驚いたのは勿論、喜助は頬を引き攣らせ、お久は目を丸くしたまま絶句している。

ただ、お上さんだけは目を細めてじっと松吉を見ていた。

「いったい、どういうことなんですか?」

八十八が堪らず声を上げる。

松吉は、今の一言で全ての気力を使い果たしたのか、肩を落として項垂れている。

そんな松吉に代わって口を開いたのは、土方だった。

「松吉さんは、甚蔵さんが斬られる現場を見ていました。でも、それを口にすることはできませんでした。当時、松吉さんは、まだ十二だったのです。無理もありません」

土方の言う通りだ。

松吉を責めることなど、できようはずがない。もし、自分が同じ立場だったとしたら、止める術もないし、口に出すこともできない。

「松吉さんは、平然としている父や母の態度に嫌気が差し、そのあとすぐ、深見家を出奔しました。旗本の息子だった松吉さんが、そんな幼いときに一人で生きて行くことが、どんなに大変だったか、その苦労は計り知れません――」

土方が労るように、松吉の背中を撫でた。

八十八には、想像することしかできないが、並大抵のことではなかっただろう。

松吉は、苦労を強いられても、人を斬った父と暮らすことが嫌だったということだ。それだけ、性根の優しい人なのかもしれない。

「松吉さんは方々を転々としながら食いつなぎ、薬の行商人として、十年ぶりに江戸に戻って来たのです」

土方がそこまで言ったところで、浮雲が金剛杖を肩に担ぎ、ずいっとお久の前に歩み出た。

「松吉が、久しぶりに戻って来ると、自分の生家が絶えていた」

――そうだ！

新太郎から、深見家で起きた惨事について耳にした。

「いったいどういうことなのです？」

八十八が訊ねると、浮雲は苦々しい表情を浮かべた。

「お前は、屋敷で狩野遊山の絵を見たのだろう？」

「はい」

確かに見た。池から、男が這い出る姿を描いた、禍々しく、恐ろしい絵を――。

「だったら分かるだろ。甚蔵の事件を利用して、狩野遊山が、深見家の連中を始末したんだよ」

――そういうことか。

新太郎の話では、新左衛門の家は、それなりに力を持っていたらしい。それを疎(うと)ましく思った何者かが、狩野遊山を差し向けたのだろう。

狩野遊山は、人の心を操り、お互いを憎み、殺し合うように仕向ける。

新左衛門は狩野遊山の呪術によって己(おのれ)を見失い、妻たちを斬り殺してしまったということなのだろう。

見たわけではないが、そのときの惨劇がまたしても脳裡を過り、八十八は吐き気をもよおした。

「松吉が、江戸に戻って来たのは、生家がどうなっているのかを確かめることの他に、もう一つ目的があった」

浮雲が布に描かれた眼で、座り込んでいるお久を見下ろす。

「謝りたかったんだよ――」

浮雲がぽつりと言うと、お久が「え？」と顔を上げた。

「松吉さんは、十年前に自分の父親がしでかしたこと、そして、何もできなかったことを、あなたたちに詫びたかったんです」

土方が、いつになく穏やかな口調で言った。

お久がゆっくりと立ち上がり、松吉に、涙に濡れた目を向ける。

「でも、松吉さんは、お久さんに恋をしてしまった。それで、言えなくなり、ずっと苦しんでいたんですね」

言ったのは伊織だった。

その顔は、いつもと少し違っていた。うまく説明できないが、いうなれば、女を思わせる顔だった。

「そうです。恋をしてはいけないと分かっていながら、それでも、惹かれてしまった……」

土方がそう言って、ふっと空に浮かぶ月に目を向けた。

――何と哀しいことか。

松吉が悪いわけではない。だが、それでもお久にとって、松吉は親の仇の子どもということになる。

惚れてはいけないと頭で分かっていても、そう思うほどに、焦がれていったに違いない。

「さて、話を戻そう」

浮雲が、金剛杖で地面を突いた。

「これで分かっただろう。甚蔵は何を許さないと言っているのか――」

浮雲の言葉が、八十八の耳朶に響いた。

自らを殺した新左衛門の息子の松吉と、自分の娘が結ばれるなど、甚蔵からしてみれば、あってはならないことだ。

——許すまじ。

あの言葉には、そうした深い情念が渦巻いていたのだ。

甚蔵の気持ちは分かる。だが、だからといって、好き合っている松吉とお久が、親たちの因縁のせいで、離ればなれになるのは、何とも忍びない。

「何とかならないのですか?」

八十八が問うと、浮雲はにいっと笑ってみせた。

「それは、あんた次第だ」

そう言って浮雲が目を向けたのは——お上さんだった。

「え?」

全員の視線が、お上さんに向けられる。

それでも、お上さんは表情一つ変えずにそこに立っている。

「知ってたさ……」

囁くような一言だったが、誰もが驚愕(きょうがく)した。

「知っていたとは、どういうことですか?」

松吉が、激しく動揺しながら問う。

「旦那は金を返してもらいに行ったきり、戻って来なくなったんだ。何があったかくらい、莫迦でも分かるよ」

「………」

「でも、相手は旗本だ。いくらこっちが騒ぎ立てたところで、知らぬ存ぜぬの一点張りだ」

　お上さんの口調は、淡々としているが、それでも、その底には強い怒りと、どうにもならないことに対する苛立ちが滲（にじ）んでいた。

「奉行所に訴え出れば、調べてくれたはずです」

　伊織が身を乗り出すようにして言った。

　八十八のような町人にも、気さくに接してくれる伊織だが、いや、そうだからこそ、本当の意味で身分の違いを分かっていないのだろう。

「無駄です。相手は旗本なんです。よほどのことがない限り、町人の訴えなど聞いてはもらえません」

　口にしながら、八十八は胸が冷たくなっていくのを感じた。

　町人と武家とでは、埋めようのない身分の差がある。

　すぐ隣にいるはずの伊織が、ずいぶんと遠くにいるように思えた。伊織も同じことを感じたのか、口を真っ直ぐに引き結び、俯いてしまった。

「だから私は、旦那はもう帰って来ないものだと諦めて、店を守ろうと決めたんだよ。

そうしないと、何だか癪だからね」

　お上さんが、小さく笑った。

　今までお上さんのことを、誤解していたかもしれない。お上さんの毅然とした振る舞いの裏には、前向きに生きる強さがあったのだ。

「申し訳ありません——」

　松吉が、堪らずといった感じで頭を下げた。

「謝らないでおくれ。余計に惨めになるからさ——」

「でも……」

「何の因果かねぇ……まさか、新左衛門の息子であるあんたと、お久が恋仲になるとはね……」

「私は……」

　お上さんは松吉の言葉を遮って、浮雲の前に立った。

　既に覚悟を決めたのか、お上さんの目は、さっきまでとはうって変わって、力強いものだった。

「うちの旦那は、ここにいるのかい？」

　お上さんが訊ねると、浮雲は金剛杖で真っ直ぐ沼の縁を指した。

「あそこに、立ってるぜ」

お上さんは「そう」と答えると、浮雲が指し示した場所まで歩いて行く。

「あんた。そこにいるんだってね――」

お上さんは、そう語りかける。

だが、返事はなかった。それでも、お上さんは続ける。

「金を貸してやったのに、斬り殺されちまって、さぞや悔しいだろうね――」

ざわざわっと、沼を取り囲んだ草が揺れた。

「でもね、遺恨は本人たち同士で、終わらしてやったらどうだい。いつまでも、ぐずぐずと彷徨って、恨み言を並べてると、今度は、あんたがお久に恨まれるよ」

お上さんの言葉は、涼やかで優しさに満ちたものだった。

「だから、もういいじゃないか。お久の幸せを望んでやろうじゃないか。それが、親ってもんだろ――」

言い終わるのと同時に、お上さんの目から大粒の涙が零れ落ちた。

さっき、諦めたと言ってはいたが、それが本心ではないのだろう。本当は、まだ心の整理がついていなかったに違いない。

それでも、お上さんは娘であるお久の幸せを望んだのだ。

お上さんの言葉に応えるように、びゅうっと音を立てて、一陣の風が吹いた。

「逝ったよ――」

浮雲が、何かを追いかけるように空に眼を向け、静かに告げた。

しばらくの静寂のあと、未だに沼の縁に佇むお上さんの許に、松吉とお久が歩み寄って行った。

お上さんは、くるりと振り返り、真っ直ぐに二人を見据えた。

「もし、あんたが本当に申し訳ないと思ってるなら、うちの店を継いでおくれ」

お上さんが言い終わるなり、松吉はその場に跪き、涙を零しながら、何度も「ありがとうございます」と頭を下げる。

お久が、それを労るように、ずっと松吉の背中をさすっていた。

——ああ、これで終わったんだ。

八十八の中に、その実感が広がっていった。

十

「まだです！」

一度は納得しかけた八十八だったが、まだ解決していない大きな疑問に行き当たり、声を上げた。

「どういうことですか？」

伊織が困惑気味に聞き返して来る。

八十八も、ついさっきまで伊織と同じように安堵していた。だが、そうではない。元々の問題が解決していないのだ。

「大治郎さんを殺したのは、誰ですか？」

八十八が問うと、浮雲がにいっと淫靡な笑みを浮かべた。

そんなことは、最初から分かっている――とでも言いたげだ。

「簡単な話だ。大治郎が殺されたことと、甚蔵の幽霊は、まったく関係ないのさ」

「え？」

浮雲の言葉に、呆気に取られた。

それだと辻褄が合わない。喜助は、この沼で大治郎と幽霊を見ている。もしかして、大治郎は幽霊とは関係なく、辻斬にでもあって殺されたのだろうか？

「この場所は、以前から幽霊が出るって噂があった。だから、誰も近寄らなかった。近くに家もない。それを都合がいいと利用していた連中がいた」

浮雲は、金剛杖を肩に担ぎ、喜助に目を向けた。

布に描かれた眼を恐れたのか、喜助は喉を鳴らして息を呑み、一歩、二歩と後退る。

「どういうことですか？　ちゃんと説明して下さい」

八十八は、わけが分からず口を挟む。

「この屋敷は、このところ近辺を荒らしている盗賊連中の隠れ家になっていたのさ」

浮雲が、金剛杖で屋敷を指し示す。

屋敷が不気味に佇んでいる。かつて惨劇があったという事実が、余計にその不気味さを際立たせている。

「隠れ家？」

「そうです。大治郎という男も、盗賊の一味だったんです」

説明を加えたのは土方だった。

さっきまで、すっかり気配を消していたのに、殺気にも似た鋭く危険な気を放っている。

「な、何を言っているんです？」

八十八には、まだ事情が呑み込めない。焦燥感が募り、ついつい荒い口調になる。

「おそらく、大治郎は分け前か何かで仲間と揉め、殺されたんでしょう」

土方は冷淡に言った。

「ちょっと待って下さい。だとしたら、喜助さんが見たという幽霊は？」

「よく思い出せ。八は、幽霊の似顔絵を描こうとしたんだろ。そのとき、喜助は何と言っていた？」

浮雲が、言いながら喜助に詰め寄る。

あのとき、喜助は、「よく思い出せない」そう言っていたのだ。しかし、沼を彷徨(さまよ)っていた幽霊は甚蔵だった。

喜助が甚蔵の顔を見て、分からないというのは、どうも不自然だ。

「どういうことです？」

八十八が訊ねると、喜助は困惑したように眉を下げた。

「どうもこうも、本当に見たし、知らない顔だったんですよ」

喜助が見たのは、別の幽霊ということだろうか？　信じてみようとしたが、駄目だった。一度膨れ上がった疑念は、どうにも抑えようがない。

「いつまで、しらを切れるかな？」

浮雲がにやりと笑った。

ぞっとするような、怖い笑みだった。

「しらなんか切っちゃいませんよ」

「嘘(うそ)の下手(へた)な野郎だ。だから、自分の首を絞めることになったんだよ」

「つまり、喜助さんは幽霊を見た――と嘘を吐(つ)いていたということですか？」

八十八が言うと、浮雲は大きく頷いた。

「こいつらは、大治郎を殺したあと、死体の処理に困った。そこで、幽霊の仕業に見せかけることにした。死体を橋の袂まで動かしたのは、この屋敷に調べが入るのを恐れてのことだ」

「じゃあ……」

「丸熊で、大治郎と一緒に呑んでいるところを見られている喜助は、自分が犯人にならないように、幽霊に出会ったという話をでっち上げて吹聴して歩いたのさ」

「でも、それが間違いだった……」

「そうだ。熊吉も八も、お節介だったのさ。本人の意図しないところで、どんどん除霊の話が進んじまった」

浮雲が、肩をすくめてみせた。

「もしかして、私を沼に落としたのは……」

「おそらく喜助だ。お前が邪魔になったのさ。沼に落として、溺れ死んでくれれば、幽霊の話も信憑性が増すし、一石二鳥ってわけだ」

——何ということだ。

すっかり騙されていた。いや、喜助自身、話が思わぬ方向に転がり、困惑していたに違いない。

今になって思えば、おかしなところはたくさんあった。

「冗談じゃない！　適当なことを言ってんじゃないよ！　私が盗賊だって？　そんな証拠、どこにあるのさ！　つまらない言いがかりは止めて欲しいね！」

喜助が両手を振り回して喚き散らす。

だが、足掻けば足掻くほどに、襤褸を出すだけだ。現に、大治郎殺しを、幽霊の仕業に見せ掛けようとして、泥沼に嵌っていったのだ。

「そうか。証拠が欲しいか。じゃあ、炙り出すとしよう」

浮雲が、喜助にぐいっと顔を近付け、囁くように言う。「え？」と呆けている喜助を尻目に、浮雲は土方に目配せをする。

「油を撒いておきましたから、よく燃えるでしょうね」

土方は、何とも楽しそうに言うと、持っていた提灯を屋敷に向かって放り投げた。

提灯は屋敷の壁にぶつかり、地面に落ちると、めらめらと炎を揺らめかせながら燃え始めた。

小さな火であったが、それは瞬く間に勢いを増し、屋敷に燃え移り、一気に勢いを増した。

土方は、その言葉の通り、屋敷の周りに油を撒いておいたようだ。

ごうごうと音を立てながら、屋敷が燃え上がっていく。その赤い炎で、辺りが照らされる。

喜助は、呆然とその光景を眺めていた。

「おいでなすった」

浮雲は呟くように言うと、土方の許に歩いて行く。土方は、どこで用意したのか、すでに木刀を構えていた。

——何が来たというのだ？

目を凝らすと、燃えさかる屋敷の中から、五人の男たちが堪らずといった感じで飛び出して来るのが見えた。

男たちは、刀やら匕首、あるいは棍棒などを持って、一斉に浮雲と土方に襲いかかろうとしている。

「止めて下さい！」

八十八は、思わず叫んだ。

浮雲と土方を心配したのではない。その逆だ。

あの連中は知らないのだ。浮雲と土方が、とてつもない腕の持ち主であることを——。

「やあぁ！」

刀を持った男が二人、土方に斬りかかった。

土方は素早く二人の斬撃をかわし、一人に木刀で強烈な突きを入れたかと思うと、返す刀でもう一人の男の胴を薙いだ。

電光石火とは、まさにこのことだ。

二人の男は、一瞬硬直したあと、白目を剝いてぱたりと倒れた。

棍棒と匕首を持った三人の男たちは、浮雲の方に一斉に襲いかかる。

浮雲は、金剛杖を頭上で回転させ、反動をつけたあと、三人の男たちを次々と薙ぎ払ってしまった。

三人は地べたに這いつくばり、呻き声を上げている。

――言わんこっちゃない。

八十八が、沼の縁に立ったお上さんたちに目を向けると、唐突に繰り広げられた光景に、啞然として立ち尽くしていた。

瞬く間に、五人の男たちを討ち倒してしまったのだ。驚くのも無理はない。

何にしても、これで終わった――。

「畜生！」

ほっと胸を撫で下ろす八十八の耳に、叫び声が届いた。

喜助だった――。

隠し持っていたらしい短刀を手にしたかと思うと、こともあろうか、伊織に襲いかかった。

女なら、勝てるとでも思ったのかもしれない。伊織を人質にして、逃げるという魂胆もあったのだろう。

だが、その考えは大きな間違いだ。

喜助が短刀を振りかぶるより速く、伊織が木刀で袈裟懸けに打ちつけた。

悲鳴を上げることすらできず、喜助は悶絶して倒れた。

相手が悪かったとしか、言いようがない。

ほっと一息吐いたところで、轟音が響き渡った。

見ると、深見家の屋敷が、ばちばちと火花を散らしながら、崩れ落ちた。

幸いにして、周囲には建物がない。それに、夏ということもあり、草木はたっぷりと水を含んでいる。延焼の心配はないだろう。

「これで、本当に終わりですね」

赤い炎の光を受け、微笑む伊織の顔が、いつにも増して美しく見えた。

「そうですね——」

八十八は、伊織に頷き返し、改めて屋敷に目を向けた。

過去の因縁と狩野遊山の絵も、燃え尽きて灰になり、天へと上っていくのだろう——。

その後

それから数日して、八十八は再び、燃え尽きて灰になった屋敷を訪れた——。

隣には、浮雲の姿もある。

いつもと同じように、白い着物を着流し、赤い布で眼を覆い、金剛杖を突いている。

ここに屋敷が建っていたとき、この一帯はずいぶんと薄ら暗い印象があったのだが、今はまるで違っている。

光が差し込み、沼を照らしている。

このまま時が過ぎれば、あの沼でさえ、美しい水を湛（たた）える泉になるのでは――と思えるほどだった。

そのことを伝えると、浮雲はふっと笑みを漏らした。

「あの屋敷は、場所が良くなかったのさ」

「え？」

「あの屋敷があったせいで、光が遮られ、沼が澱んじまった。そうした暗さは、悪いものを引き寄せる」

「そういうことが、あるのですか？」

「闇とは、そういうものだ――」

浮雲が顎を上げて、空に顔を向けた。

蟬（せみ）の鳴き声とともに、降り注いでいる太陽の光を見ていると、浮雲の言ったことに、なるほどと納得するところもある。

明るい空の下にいれば、人の心が歪むことはないのかもしれない。

「そういえば、盗賊連中はどうなったのですか？」

八十八が訊ねると、浮雲は「知らん」と一蹴した。

「この先は、町奉行所の仕事だ。憑きもの落としの出る幕はねぇよ」

「そうですね」

確かに、浮雲の言う通りだ。

浮雲の仕事は、死者の想いを汲み取り、憑きものを落とすことであって、盗賊退治ではない。

「今回は、絵は描いたのか？」

浮雲が訊ねて来た。

「ええ。もちろん」

八十八は、持っていた絵を浮雲に差し出した。

浮雲は無造作に絵を開き、赤い布をわずかに押し上げ、じっと見つめる。

「ずいぶんと変わった絵を描くじゃねぇか」

浮雲が、ぽつりと言った。

八十八自身、それは分かっている。今回は、今までとは少し違う趣向で描いた。

自らに絡まった黒い鎖を、断ち切る男の姿を描いたのだ。甚蔵が、禍根を断ち、娘の幸せを願った姿をそこに籠めた。

だが、敢えてそれを説明せず、八十八は乾いた笑い声を上げた。

これは誰かに譲る気はない。人を呪詛で搦め捕る、狩野遊山と自分は違うという、決意を表わしたようなものかもしれない。

「それで、あの二人はうまくやってるのか？」

浮雲が八十八に絵を返しながら、訊ねて来た。

何だかんだ言いながら、そういう気遣いをするのが、浮雲らしいといえば、らしい。

「はい。松吉さんは、慣れない仕事で苦労しているみたいですけど……」

だが、これまでの松吉の苦労を考えれば、そんなものは、何でもないだろう。楽観にすぎるかもしれないが、きっと上手くやっていける。

「そうか」

浮雲は、口許に微かに笑みを浮かべた。

「ところで、浮雲さんは別件を抱えていたみたいですけど、そっちは大丈夫なんですか？」

神社で土方に会ったときに、そういった話をしていた。

「別件じゃねぇよ」

「え？」

「歳三が、松吉に頼まれ、おれのところに相談を持ちかけていた。だから、別件じゃねえ」

――なるほど。

松吉は、生家にまつわる幽霊話を耳にして、そのことで土方に相談していたのだろう。頼みはしたものの、松吉自身も自分で色々と調べ回っていた。だから、八十八と何度も顔を合わせたのだ。

八十八は、ここで一つの考えに思い至った。

「もしかして、沼に落ちた私を助けてくれたのは、松吉さんなんですか?」

「たぶん、そうだろうな」

「これは大変だ。まだお礼を言っていません」

「そういうところが阿呆なんだよ」

「すみません。とにかく、行って来ます」

八十八は、早口に言いながら駆け出した――。

走りながら一度振り返ると、浮雲は、まだ焼け落ちた屋敷を見ていた。

妖刀の理

UKIKUMO
SHINREI-KITAN
YOUTOU NO KOTOWARI

序

「巫山戯んな！　どいつもこいつも、莫迦にしやがって！」

男は、呪詛の如き恨み言を口にしながら夜の道を歩いていた。

怒りを露わにするのには、理由があった。男は、ついさっき遊里に顔を出した。ただ客として足を運んだわけではない。

ある遊女に、身請け話をするためだ。

何度も通い詰めた馴染みの女――夕霧だ。

絶世の美女というほどではないが、明るく、朗らかで、よく気の利く女だった。

夕霧も喜んでくれると思ったのだが、あの女は断わった。

ただ断わるだけでなく、せっかく自由の身にしてやろうというのに、「あなたの許に嫁ぐのはご免被りたい――」とのたまいやがった。

男は、激怒して夕霧に飛びかかったところを、廻し方に追い払われてしまった。

「口惜しい……」

抑えようの無い怒りを口にして、地面を蹴った。

足許が滑り、男はその場にすてんと尻餅をついてしまった。

――踏んだり蹴ったりだ。

男が立ち上がろうとして顔を上げると、いつの間にか、すぐ目の前に人が立っていた。

襤褸のような法衣を纏い、首から数珠をぶら下げた虚無僧だった。

深編笠を被っているので、顔は分からない。ただ、わずかに見える顎先が、やけに白く艶めかしかった。

「酷い目に遭われたようですね――」

虚無僧が、よく通る涼やかな声で言った。

男はカッとなっていたので、周囲に目を配る余裕はなかったが、どうやらこの虚無僧は、遊里での騒ぎを見ていたらしい。

偶々、同じ道を歩いていたということではなさそうだ。

「笑いに来やがったってわけか！　この野郎が！」

男は立ち上がり、凄んだが、虚無僧は微動だにしない。顔が見えないので、どう思っているかさえ分からない。

「笑うなど、とんでもない」

　虚無僧は小さく首を振ったものの、その口調には、笑みが含まれているように思われた。

「やっぱり笑ってんじゃねぇか！」

　男は、虚無僧を突き飛ばそうと、両手を突き出したが、ひらりとかわされた。

　あっ——と思ったときは、すでに遅く、男は前につんのめるようにして、転んでしまった。

　何から何まで、ついていない。

「全部、あの女のせいだ……」

　男は恨み言を口にしながら身体を起こし、地べたに座り込んだ。

　もう、何もかもがどうでも良くなっていた。

「笑いたければ、好きなだけ笑いやがれ——」

　男が言うと、虚無僧がすっと屈み込んだ。深編笠の隙間から、その向こうにある目がわずかに見えた。

　切れ長で、女のように艶めかしい視線だった。

「あなたを笑おうなど、少しも思ってはいませんよ。ただ——」

「ただ、何だ？」

「お力になりたい――そう思っているのです」

「力になる？」

男は、裏返った声で言った。

そんな話、到底信じられるものではない。

「これを、あなたに差し上げます」

そう言って虚無僧は、一振りの刀を男の前に差し出した。

見るからに高価そうな、朱塗りの鞘に納められた刀だ。鞘だけでなく、柄も朱かった。

鍔の部分には、花をあしらった模様が刻まれていて、こちらも大層、値が張りそうだった。

「いらねぇよ」

男は、舌打ち混じりに言った。

虚無僧の真意を察したからだ。遊女を身請けしようとするほど金があるなら、刀の一振りくらい買って貰えるとでも思ったのだろう。

「悪いが、そんなものを買う金はねぇ」

男は、続けてそう吐き捨てる。

金がないのは事実だ。身請けしようと持ちかけたが、手持ちの金があったわけではなく、自分の店を売って方々に借金をすれば、どうにかなると考えてのことだった。

それほどまでに、夕霧に恋い焦がれていたのだ。

もしかしたら、夕霧が身請けを拒んだのも、そんな甲斐性が男にないと見透かしてのことなのかもしれない。

そう思うと、余計に惨めになってくる。

心が通い合っていると思っていたのに、所詮は商売だったと思い知らされた気分だ。

「お金はいりません――」

虚無僧の言葉に、男は「え？」となる。

「拙僧は、差し上げますと申し上げました。お金を頂くつもりは、毛頭ありません」

「只で、刀をくれるってのか？」

「はい」

「なぜだい？」

それが男には分からなかった。刀のことは、詳しくは知らないが、見ず知らずの男に、只で恵んでやるようなものではない。

「先ほども言いました。あなたのお力になりたいのです」

「力――だって？」

「左様です。店の廻し方たちの振る舞いは、あまりに酷いものでした。あのように、あなた様を殴打するなど、人の道に反することで御座います――」

静かに語る虚無僧の言葉が、男の心にすっと染み入る。

莫迦にされ、蔑まれ、笑いものになった悔しさを、分かってくれる者がいたことが、男にとっては何より嬉しかった。

だが――。

「刀など貰っても、どうにもならねぇよ」

家に飾って眺めたところで、鬱憤が晴れるわけではない。

「ただの刀であれば、そうでしょう」

「どういう意味だい？」

「この刀は、数多の血を吸った、忌わしき妖刀にて御座います――」

そう言って虚無僧は、鞘から半分ほど刀を抜いた。

刃が月に照らされて妖しく煌めく。

男は、これまで何度か刀を目にしたことがあるが、ここまで美しく、そして妖しい光を放つ刀を見たのは初めてのことだった。

心の奥が、ざわざわと音を立てて揺れる。

「この刀をお持ち下さい。きっと、あなたの苦渋に満ちた想いを、晴らしてくれることでしょう――」

虚無僧は刀を鞘に戻し、男にずいっと差し出した。

男は、刀が放つ力に惹きつけられるように、それを手に取った——。

一

八十八は、目の前に座る男に、息を殺してじっと目をやった。

男は、病的なほど、げっそりと痩せ細った顎に、枯れ枝のような手を当て、畳の上に置かれた絵をじっと見据えている。

男の名は、町田天明——。

主に仏画を手がけている絵師で、かつては最大流派の狩野派に属していたこともある人物だ。

夕闇が迫り、暗くなり始めた長屋の一室で、かっと見開かれた天明の目が、異様な光を帯びているようだった。

さっきからずっと赤子の泣き声が聞こえている。長屋の隣の部屋からだろう。

「いかがでしょう?」

八十八は、ずいっと身を乗り出すようにして天明に訊ねた。

今、天明が見ているのは、八十八が描いた絵だ。

絵師を志している八十八は、こうして時折、天明に絵を見てもらっている。

「駄目だな……」

天明が、ため息を吐いた。

八十八が描いて来たのは、不動明王だ。自分で描いておきながら何だが、どうもしっくりこない絵であることは分かっている。

「何が駄目なのでしょう？」

自分の絵の足りないところが、まるで見えて来ないのだ。

「お前の絵には力がない」

そう言って、天明は八十八の絵をトントンと指で叩いた。

「力――ですか」

「釣り合いは取れているし、丁寧なんだが、それだけだ。絵から訴えかけてくるものがない。言うなれば、魂が抜けている」

天明が、辛辣な言葉に見合った険しい顔で言う。

落胆より、やっぱり――という気持ちが強かった。以前にも、憑きもの落としの男に、同じようなことを言われたことがある。

「魂ですか……」

「そうだ。お前は何を描いたんだ？」

「不動明王です」

「不動明王の役割は、教化しがたい民を力ずくで救うことだ。故に、炎の中に在り、剣を持っている。何より、その憤怒の相が特徴だ」

「はい」

八十八は大きく頷いた。

描くにあたって、知らねばならぬと、付き合いのある僧侶に話を聞きに行った。

「この不動明王の目を見ろ。これが、憤怒の目か？」

天明が、八十八の描いた不動明王の目の部分を指した。

「そのつもりで描いたのですが……」

八十八は、肩をすぼませながら答える。

「こんなものは、せいぜい機嫌が悪い——くらいのものだ。憤怒ってのは、もっと身の内から湧き出る激情なんだよ」

「どうすれば、その激情を表現することができるのでしょう？」

「知らん」

天明は、きっぱりと言う。

「え？」

「だから知らんと言っている。いいか。頭で考えて、技術を駆使したところで、それはただ巧くなるだけで、魂が入ったことにはならねぇ」

「巧いことと、いい絵であることとは違うのですか?」

八十八は首を傾げた。

「ああ。違うね。最後にものを言うのは、ここだ――」

天明はそう言って、八十八の胸に拳を当てた。

「心――ですか」

「そうだ。まあ、お前のようなぼんぼんには、絵に魂を込めることは、できないかもしれんな。少なくとも、憤怒の感情は無理だ」

天明の決めつけた言い方に、八十八は納得できないものを覚えた。

「どうして、そう思われるのです?」

「恵まれた家に生まれ、何不自由なく育ったお前は、憤怒を知らん。知らなければ、描きようがない」

八十八は、天明に言い返すことができなかった。

血はつながっていないものの、八十八は呉服屋の倅として育ち、貧しさを経験してはいない。

父の源太は厳しい男だが、それだって情の裏返しだ。

姉のお小夜も、口うるさいが優しく、幼い頃からかいがいしく八十八の面倒をみてくれていた。

これまで、生活していて不自由を感じたことは、ただの一度もない。

絵にしてもそうだ。八十八は、住む家があり、家の手伝いをしながら、望むままに絵を描かせてもらっている。

これは、恵まれた境遇であることに他ならない。

天明などは、狭い長屋に住み、食うや食わずの生活を続けている。

しかも、隣からは赤子の泣き声が響いている。集中して、絵を描くことなどできないだろう。

八十八の境遇と比較すると、劣悪と言わざるを得ない。それでも、天明は描き続ける。

おそらくそれは、内から湧き出る渇望のようなものなのだろう。

己（おのれ）の甘さを、まざまざと見せつけられたような気がした。

「描きようがありませんか……」

八十八は、ようやくそれだけ絞り出すように言った。

隣の赤子は、相変わらず火が付いたように泣き続けている。天明は、壁を睨（にら）み付けて「うるせぇな」と呟（つぶや）いてから口を開く。

「お前は、表面の綺麗（きれい）なものばかりを見ていて、裏側をちっとも見ていない」

「裏側ですか……」

「そうだ。世の中は、残酷で、哀（かな）しいものだ。それを知らんことには、ただ巧いだけの絵だ――」

天明の言葉が、胸に深く突き刺さった。

自分の中に足りないもの――それを目の前に突きつけられたような気がした。

しかも、それが育った環境に起因していると言われてしまうと、どう改善していいものか分からない。

「私は……」

八十八が言いかけたところで、突然、悲鳴が聞こえて来た。

それだけではない。次いで男の怒号と、泣き叫ぶ子どもの声も飛び込んで来た。

――いったい何ごとだ？

八十八は天明と顔を見合わせると、すぐに立ち上がり、戸障子を開けて外に目を向けた。

目の前の光景に、八十八はぎょっとなる。

長屋の間を走る路地で、女が尻餅をついてぶるぶると震えていた。

慌てて逃げ出して来たらしく、裸足（はだし）である上に、紫色の着物がはだけ、白い肌が露わになっていた。

何があったのかは知らないが、尋常ならざる事態であることは明白だ。すぐに駆け寄ろうとした八十八だったが、それを天明が引き留めた。

「殺されるぞ！」

天明に言われて目を向けると、座り込んでいる女に近寄って来る男の姿が見えた。

赤い斑点模様の着物を着た、小太りの男だった。

顔は紅で真っ赤に塗られている。焦点の合わない目をして、半開きの口からは、涎が滴り落ちている。

うぅー、うぅーと、犬が唸るような声を上げながら、一歩、また一歩と女ににじり寄っていく。

よく見ると、その手には抜き身の刀が握られていた。

刀の切っ先からは、ポタリ、ポタリ――と真っ赤な血が滴っていた。

それを見て、八十八はようやく分かった。男の着物の模様は、赤い斑点ではなく、あれは血の染みなのだ。

顔の紅も、おそらくは血であろう。

狭い路地には、あっという間に人だかりができていたが、男の異様な姿に、誰もが手を拱いていた。

「逃げて！」

長屋から、女が飛び出して来て叫んだ。

子どもを抱きかかえた、若い女だった。もしかしたら、尻餅をついている女の知り合いなのかもしれない。

声に反応して、男の視線が子どもを抱えた女に向けられる。

男は、目当てを変えたのか、子どもを抱えた女の方に身体の向きを変えた。

「何をしてるんだ！　止めないか！」

浪人らしき人物が、男を止めようと人だかりから飛び出して来た。

しかし——。

男は無造作に刀を横に薙ぐ。

いきなり斬り付けられた浪人は、自らが刀を抜くことなく、腕を押さえてどうっと倒れ込んだ。

腕からどくどくと流れ出す血を見て、ぞっとした。

さっき、不用意に近付いていたら、ああなっていたのは八十八だっただろう。

とはいえ、このまま黙って見ていれば、子どもを抱えた女が、間違いなく斬られる。

ためらっている間に、男は大きく刀を振りかぶった。

その刀から、黒い瘴気のようなものが、立ち上ったように見えた。

いや、それだけではない。男の身体には、男、女を問わず、数多の人がとり憑いているように見えた。

——あれは何だ？

男の刀が、子どもを抱えた女の脳天めがけて振り下ろされる――誰もがそう思った。が、男は急に動きを止めた。

見ると、いつの間にか男の背後に、一人の女が立っていた。薄紅色の鮮やかな着物を着た、遊女と思しき女だった。

艶めかしくも、凜々しいその女に、八十八はかつて出会ったことがあった。

あの女は――玉藻だ。

玉藻は、自らの髪に挿していた簪を、男の左の首筋に突き立てていた。

男の手から、刀がするりと滑り落ちる。

玉藻が簪を引き抜くと、男は膝から崩れるようにして、その場に突っ伏して動かなくなった。

その姿をじっと見下ろす玉藻の目は、艶やかでありながら、冷たい光を宿しているようだった。

八十八はもちろん、弥次馬たちも、ただ呆然と玉藻の姿に魅入っていた。

そうこうしているうちに、岡っ引きと思われる者たちが、血相を変えて駆け寄って来た。

「何の騒ぎだ！」

「この男が、刀を持って暴れたんでありんす。なぁに、死んじゃいませんよ。ちょっとばかり、気を失っているだけです」

玉藻は、さっきまでの騒ぎなどまるで無かったかのように、綺麗な声音(こわね)で岡っ引きたちに事情を話す。

岡っ引きたちは、瞬(またた)く間に男を捕縛して、その場から連れ去って行った。

緊張が解け、その場は一気に喧噪(けんそう)に包まれた。

「とんでもねぇもんに出会(でくわ)したな」

天明が、腕組みをしながらしみじみと言う。

「ええ」

八十八は、返事をしながらも、妙なことが引っかかっていた。

男が持っていた刀が——いつの間にか消えていたのだ。

岡っ引きたちが、持っていったのかと思ったが、どうもそうではないような気がする。

あの刀は、どこに消えたのか？

チリン——。

八十八の思いを遮るように、鈴の音がした。

はっと顔を向けると、足早に立ち去って行く虚無僧の姿が目に入った。襤褸のような法衣を纏い、深編笠を被っている。

その虚無僧は、どういうわけか、朱い鞘に納められた刀を手にしていた。

——あれは、もしかして？

追いかけようとしたが、その前に腕を摑（つか）まれた。

玉藻だった。

「た、玉藻さん……」

「今は、追わない方がいいわよ」

「しかし……」

もし、八十八の勘が正しければ、あの男はおそらく——。

八十八の考えを見透かしたように、玉藻が小さく首を振った。

「いいのよ。行かせておきましょう」

「それで、いいのですか？」

「ええ。これは、八十八さんがかかわる必要のないことよ。だから、くれぐれも近付かないでね」

「それはいったい……」

——どういう意味ですか？

そう訊ねようとしたが、それより先に、玉藻はゆらりとその場を立ち去ってしまった。

あとには、芳（かぐわ）しい香りだけが残った。

二

翌日、八十八は古びた神社の前に立っていた——。

かつては朱く塗られていたであろう鳥居は、塗料が剝げ、傾きかけている。雑草が青々と生い茂り、鬱蒼としていた。

草を分け入るように、敷地に入って行くと、苔だらけの狛犬に睨まれた。

八十八は、苦笑いを浮かべてそれをやり過ごし、倒壊寸前の社の階段を上ると、格子戸を開けた。

薄暗い社の中には、御神体ではなく、一人の男が座っていた。

髷も結わないぼさぼさ頭に、白い着物を着流しにし、赤い帯を巻いている。肌の色は、着物の色よりなお白い。

幽霊画から、そのまま飛び出して来たような、怪しげで、妖艶な風貌を持った男——浮雲だ。

「何だ。八か——」

浮雲は気怠げに言うと、盃の酒をぐいっと一息に吞んだ。

「こんな朝から酒を吞んでいるのですか？」

八十八が問うと、浮雲がギロリと睨んで来た。

その瞳は、まるで血のように赤い――。

八十八などは、綺麗な瞳だと思うのだが、世間はそうは思わないというのが浮雲の言い分で、普段は墨で眼を描いた赤い布を巻いて隠している。

その方が、目立つと思うのだが、浮雲の方は意に介していないらしい。

浮雲の瞳は、ただ赤いだけではない。

死者の魂――つまり幽霊が見えるのだ。浮雲は、それを活かして憑きもの落としを生業にしている。

腕はいいのだが、浮雲はどうにも品性に問題がある。

昼夜を問わず、酒ばかり呑んでいて平然と悪態をつく。その上、手癖も悪い。八十八自身、財布の中身を盗まれたこともある。

何より、憑きもの落としを生業としている癖に、やたらと腰が重く、何だかんだと理屈をつけては、引き受けまいとするから困ったものだ。

「うるせぇ。おれは呑みたいときに呑むんだよ――」

浮雲は、ふあっとあくびをしながら言う。

「そう言って、ずっと呑んでる気がしますけど」

「偶々、お前がおれの呑んでいるときに、顔を出すだけだろうが」

――よく言う。

そんなに何度も、偶々が続くことなどあり得ない。そもそも、憑きもの落としの最中ですら、酒を呑んでいるような気がする。

八十八は、浮雲の言い分に半ば呆れながらも、その前に腰を下ろす。

「お前、まさか厄介事を拾って来たんじゃあるまいな」

浮雲が、左の眉をぐいっと吊り上げるようにして言った。

酒を呑んではいても、さすがの勘の鋭さだ。

「実は……」

「止せ止せ。おれは、忙しいんだ。そんな話は聞きたくないね」

浮雲は八十八の言葉を遮ると、腕を枕に、ごろんと床の上に寝転がってしまった。

「忙しそうには見えませんけど……」

「勝手に決めつけんじゃねぇよ」

「でも、ただ酒を呑んで横になっているだけじゃないですか」

「阿呆が」

浮雲が、吐き捨てるように言った。

「何が阿呆なんですか？」

「阿呆だから、阿呆だと言ったんだ」

「答えになっていません」

八十八は、怒った表情を浮かべてみせたが、当の浮雲は涼しい顔だ。

「阿呆と呼ばれる理由に気付けんところが、また阿呆だと言っているんだよ」

「だったら、もう阿呆でいいです」

「やけに素直じゃねぇか」

「その代わり、話だけでも聞いて下さい」

「だから、そんな暇はねぇと言ってんだ。おれは、今から寝るのに忙しいんだよ」

とんだ言い草だ。寝るのに、忙しいも何もあったものではない。とはいえ、変に反論をすれば機嫌を損ねてしまうだろう。

しかし——。

無理に説得する必要もない。こういう態度を取りながらも、本当に眠っているわけではないことは、今までの経験から分かっている。

何だかんだ言いながらも、話を聞いているのが浮雲だ。

それに、浮雲は腰は重いが、一度、耳にしてしまった怪事を、放っておくことができない性質でもある。

八十八は、居住まいを正してから、昨日、目にした出来事を語り始めた。

突如として現われた、刀を振り回す男。その刀から立ち上る、黒い瘴気のようなもの。

そして、男の周りに数多(あまた)の幽霊らしき者たちがまとわりついていたことなど——仔細(しさい)にわたって説明する。

浮雲は八十八が話している間中、ピクリとも動かなかった。

それこそが、寝ているわけではないことの証明だ。

「と、いうわけなんです——」

八十八が、話を終えると、浮雲は寝転がったまま長いため息を吐(つ)いた。

「まったく。つまらねぇ話を拾って来やがって」

浮雲が、舌打ち混じりに言った。

「つまらなくはないです」

否定してみたものの、だからといって、面白い話というわけでもない。

「つまらねぇだろうが。そんなものは、奉行所の仕事だ。その男は岡っ引きに引っ張られたんだから、おれの出る幕じゃねぇよ」

そう言われてしまえば、そうなのかもしれない。だが、八十八にはどうしても引っかかることがある。

「しかし、あの刀は異様でした。それに、一瞬ではありますが、件(くだん)の男には、幽霊が憑いていたように見えたんです。それも、たくさんの——」

八十八はその光景を思い返し、思わず身震いした。

「ただの見間違いだろ」

浮雲のように、常に幽霊が見えるわけではないので、見間違いであったかもしれない。

それでも――。

「あの男が異様であったのは、確かです。幽霊が憑いていたとしか、思えません」

浮雲がふんっと鼻を鳴らす。

「だから、阿呆だと言うんだ」

「なぜ、そうなるのです？」

「仮に幽霊の仕業(しわざ)であったとしても、おれは動かねぇぜ」

「どうしてです？」

八十八が訊ねると、浮雲はぼさぼさの髪を、ガリガリとかき回しながら身体を起こした。

赤い双眸(そうぼう)が、真っ直(まっす)ぐに八十八を見据える。

こういうときの浮雲は、ぞっとするほどに怖い。

「決まってるだろ。金だよ。金――」

「金？」

「その怪異事件を解決したら、お前が金を払ってくれるのか？」

「それは……」

そう言われると、八十八は言葉に詰まってしまう。

これまで、色々とあって無償で憑きものを落とすことが多かったが、本来浮雲が請求する金額は、かなりの高値だ。

いくら何でも、何のかかわりもない他人のためにほいほいと払える金額ではない。

「それに、仮にその男に何か憑いていたとしても、もう手遅れだ」

「手遅れ？」

「その男は、岡っ引きに連れて行かれたのだろう？」

「ああ」

ようやく、八十八も納得した。

あれだけの騒ぎを起こしてしまったのだから、死罪は免れないだろう。幽霊に憑かれていようが、いまいが、今からでは全てが手遅れなのだ。

「まあ、どうしても何が起きたか気にかかるってんなら、金を持って来い。そうしたら、動いてやらんでもない」

浮雲が勝ち誇ったように言うのと同時に、社の戸がすっと開いた。

梅の花に似た、芳醇(ほうじゅん)な香りとともに入って来たのは、昨日、あの現場にいた女――玉藻だった。

三

「その一件、私から依頼をさせてもらいます——」

玉藻は、浮雲を流し見ながら言った。

綺麗に結い上げた髪に、艶やかな着物を纏ったその姿は、神々しいほどに美しかった。

八十八は、玉藻がどういう女なのかを知らない。見た目からして、かなり位の高い遊女のようだが、それにしては、こうやって一人で出歩くのは不自然だ。

昨日、刀を振り回していた男を、あっという間に始末してしまったこともそうだが、玉藻はどうも得体が知れない。

そういった謎めいた部分が、玉藻の魅力をより引き立てているようにも思える。

「嫌な予感がしてたが、やっぱり来やがったか……」

浮雲は、聞こえよがしに舌打ちをする。

玉藻と浮雲の間には、何かしらの因縁がありそうなのだが、具体的に何があったのかも知らない。

かつて恋仲にあったのだろうか——と想像したこともあったが、それとはどうも違うような気がする。

訊いてみたい気はするが、それは八十八などが踏み込んではいけない領分のようにも思えて、これまで口にしてこなかった。

「依頼人に対して随分な態度じゃない？」

玉藻は、すっと目を細めて浮雲を見下ろす。

「何が依頼だ。色々とこじつけて、金を払う気なんてねぇくせに」

浮雲が苦々しい顔でぼやく。

「よく分かってるじゃない」

玉藻は、にっこりと笑みを浮かべてみせる。

「言っておくが、お前からの依頼は、金輪際受けないと決めたんだ」

「そんなこと言っていいのかしら？」

「何？」

「あなたには、まだ貸しが残っているんだけど……」

玉藻の言葉に、浮雲がうっと息を詰まらせた。

詳しい事情は分からないが、浮雲は玉藻に頭が上がらない恩義のようなものがあるらしい。

いつも偉そうにしている浮雲が、こうも手玉に取られている様子は、見ていて何とも愉快だった。

「何を笑ってやがる」

浮雲に、ギロリと睨まれた。

どうやら、気が付かないうちに笑ってしまっていたらしい。表情を引き締める八十八に、玉藻が顔を向けた。

「八十八さん。あなたのような人が、こんなろくでなしとかかわっちゃ駄目って言ったでしょう？」

玉藻は、そう言いながら八十八の頬に、そっと指を触れた。

冷たい指の感触と、放たれる甘い香りとで、頭がくらっとした。それほどまでに、魅惑的な仕草だった。

「八を、あんまりからかうんじゃねぇよ」

浮雲が、苦い顔でガリガリと髪をかき回しながら言う。

「あら、私は本気よ。八十八さんが望むなら、喜んで大人の女を教えてあげるわよ――」

「あ、え、いや、その……」

八十八は、どう答えていいのか分からず、どぎまぎしてしまう。

「まったく……それを、からかってるって言うんだ」

浮雲は、呆れたように言いながら、瓢（ひさご）の酒を盃に注ぎ、ぐいっと一気に呑み干した。

玉藻は八十八の耳許で「また今度ね――」と囁（ささや）いてから浮雲に向き直った。

「とにかくこの一件——あなたに任せるわ」

玉藻が目を細めると、浮雲はふっと脱力したように頭を垂れて息を吐いた。

「仕方ねぇな。お前のことだ。それなりに、調べは済んでいるんだろ。分かっていることを、教えていけ——」

浮雲がそう言うと、玉藻が小さく笑みを浮かべた。

「さすがね」

「さすがね——じゃねぇよ。おれも暇じゃねぇんだ。さっさと言え」

浮雲は、不機嫌そうに言いながら、再び瓢の酒を盃に注いだ。

玉藻は小さく頷いてから、話を始める。

「最初に事件があったのは、内藤新宿にある春乃屋という遊女屋よ。男がいきなりやって来て、わけの分からないことを叫びながら、刀を振り回し、番頭と廻し方、それに遊女が一人斬り殺された。怪我を負った人は、十人は下らないってところかしら……」

玉藻は淡々とした口調だが、その分、事件の凄惨さが際立っているように思えた。

浮雲が「それで——」と促す。

「店を襲った男は、次郎右衛門という商人よ。数日前に、遊女の夕霧を身請けしたいと申し出たんだけど、断わられているわ」

「ほう。何で身請け話を断わったんだ？」

浮雲が、顎に手をやりながら訊ねる。それは八十八も気にかかるところだった。

身請けされれば、遊女は自由の身になれる。それを、むざむざ断わるからには、相応の理由があるはずだ。

「単純に、金がなかったのよ。春乃屋も、夕霧も、それを分かっていたの。それに、何かと口うるさい男で、夕霧の方は、仕事と割り切って相手をしていたのよ」

「嫌われたもんだな」

浮雲が、ふんっと鼻を鳴らして笑った。

「その後、近くの長屋のところまで追って来て、次郎右衛門が斬り殺そうとしていた女が、その夕霧というわけ――」

「それじゃ、逆恨みでその女を襲っただけだろう。おれの出る幕はねぇ」

浮雲が、盃の酒をくいっと呑み干しながら言った。

「話は最後まで聞きなさい」

玉藻がピシャリと言うと、浮雲は舌打ちをしながらも「へいへい」と答える。

「次郎右衛門は、肝の小さい男で、すぐにカッとなることはあったようだけど、刀を振り回すような男ではなかったそうよ」

「その言い分は、それこそ奉行所で言ってくれ」

浮雲が、投げ遣りな態度で言う。

「これを見ても、あなたは、そう言うかしら？」

玉藻は、そう言うなり着物の袖から巻物を取り出し、床の上に転がして広げた。

巻物には、一枚の絵が描かれていた。

「こ、これは……」

絵を覗き込んだ八十八は、背筋を凍らせ身体を仰け反らせた。

気味の悪い絵だった――。

背中を向けた男が、刀を持って立っている。そして、その足許には、数多の遺骸が転がっていた。

そして、絵の中の男が持っている刀には、黒い煙のようなものがまとわりついていた。

――いや、煙ではない。

よく見ると、それは苦悶の表情を浮かべた、数多の人の顔だった。

「狩野遊山――か」

浮雲がポツリと言った。

確かに、絵の隅には狩野遊山の落款が見て取れた。

――これは狩野遊山の絵だったのか！

八十八は、それを認めると同時に、より一層、恐ろしくなった。

以前に、狩野遊山にまつわる事件にかかわったことがある。

狩野遊山は、元々は狩野派の絵師であったらしい。だが、今は違う。巧みに人の心を操り、自らの手を汚さずに人の命を奪う——呪術師だ。

詳しいことは知らないが、浮雲はかつて狩野遊山と何かしらの因縁があったようだ。

八十八は、改めて絵に目を向ける。

そこに描かれている絵は、実に恐ろしい。だが、同時に美しく、そして見る者に迫るものがあった。

町田天明の言っていた、絵に魂を込める——というのは、こういうことなのかもしれない。

狩野遊山は、おそらく人の心の奥深くまで知り尽くしているのだろう。

だからこそ、これほどまでに力のある絵を描くことができる。

どうすれば、このような絵が描けるのだろう——八十八は、絵を恐れながらも、そんなことを考え始めていた。

「何を呆けている」

浮雲に声をかけられ、八十八は、はっと我に返る。

まさか、狩野遊山の絵に見惚れていた——などとは言えず、八十八は別のことを口にした。

「この絵は、どこにあったのですか？」

「次郎右衛門の家よ」

答えたのは、玉藻だった。

ここまで来ると、もはや疑いようがない。昨日の一件は、狩野遊山の仕業だったのだろう。

「もしかして、あのとき刀を持ち去ったのは……」

「狩野遊山だろうな」

八十八が言いかけた言葉を、浮雲がつないだ。

やはりそうだったか――と納得すると同時に、別の疑問が首をもたげた。

「なぜ、狩野遊山は刀を持ち去ったのでしょう？」

八十八が口にすると、玉藻が切れ長の目をすっと細め、絵に描かれた刀を指差した。

「ここに描かれている刀は、おそらく村正《むらまさ》――」

玉藻が言うと、浮雲はこれみよがしにため息を吐《つ》き、肩を落とした。

「厄介なものを引っ張り出しやがって……」

浮雲は、全てを承知したような口調だが、八十八には分からない。

「村正とは、いったい何なんですか？」

訊ねる八十八を遮るように、浮雲がすっと立ち上がった。

上背がある浮雲は、ただ立っているだけで、異様な圧迫感がある。

「お前が知る必要はない」

　浮雲が、赤い双眸で八十八を睨み付ける。

「し、しかし……」

「聞こえなかったのか？　これは、お前がかかわる一件ではないと言ったんだ」

　浮雲の強烈な気配に圧倒されて、八十八はそれ以上、反論を口にすることができなかった。

四

「八十八さん――」

　八十八が声をかけられたのは、浮雲の神社からの帰り道だった。

　足を止めて目を向けると、稽古着姿の伊織が、後ろで結んだ長い髪をゆらしながら、駆け寄って来た。

　年齢は八十八と変わらないのだが、白い歯を見せて笑う伊織は、ずっと幼く見える。

「伊織さん。稽古の帰りですか？」

　木刀の他に、いかにも重そうな荷物を担いだ伊織に訊ねた。

「はい。近藤様の試衛館で、稽古をつけていただきました」

伊織は、いかにも楽しそうに言う。

武家の娘で、剣術をたしなんでいる伊織は、剣を構えると、途端に表情が変わり、大人っぽくなる。

剣を構える姿も、こうやって笑いかける姿も、どちらも伊織であり、姿は変わっても、美しさが損なわれるわけではない。

「そうでしたか」

「八十八さんは、使いの帰りですか？」

「使いというか……浮雲さんのところに行っていたんです」

八十八が言うと、伊織が大きな目をさらに大きく見開いた。

「何があったのですか？」

興味津々といった感じで、伊織が訊ねてくる。

伊織も、今まで何度も浮雲と一緒に、怪異事件を解決して来た経験がある。浮雲の名を聞いただけで、それが心霊がらみの怪異であると察したようだ。

そもそも、八十八と伊織が知り合ったのも、ある心霊事件がきっかけだった。そうでなければ、呉服屋の倅である八十八と、武家の娘である伊織が、こんな風に言葉を交わす機会などなかった。

とはいえ、今回の一件は、伊織には一切、関係がない。

話すべきか否か——迷いはあったが、浮雲に一方的に放り出され、悶々としたままの今の自分の心境を、誰かに聞いてもらいたいという気持ちもあった。

「実は——」

八十八は、咳払いをしてから、昨日、天明の許に足を運んだときに目にした事件を、伊織に語って聞かせた。

「その事件なら、私も耳にしました」

話を聞き終えると同時に、伊織が口にした。

「そうでしたか」

一瞬、驚きはしたが、よくよく考えてみれば、あれだけの騒ぎだったのだ。噂は瞬く間に広がっていただろう。

「それで、どうしてそれが浮雲さんの事件になるのですか？」

伊織が小首を傾げる。

確かに、昨日の事件の概略だけでは、憑きもの落としにはつながらない。

「あのとき、私は刀を振り回している男に、何とも怪しげなものが憑いているのを見たのです」

「それは、いったいどういうものですか？」

「言葉では上手く説明できないのですが、怨念のようなものが、まとわりついていたような気がするのです」

「つまり、八十八さんは、その男が怨念によって操られていたと考えているというわけですね。私の兄のときと同じように……」

そう言った伊織の表情が一気に曇った。

伊織の兄である新太郎が、幽霊にとり憑かれ、刀を持って徘徊した事件は、記憶に新しい。

浮雲のおかげで事無きを得たが、そうでなければ、どうなっていたか分かったものではない。

「そうなんです」

「浮雲さんは、どう考えているんです？」

伊織が訊ねて来た。

「どうやら、今回の一件には、狩野遊山がからんでいるようなのです——」

八十八がその名を口にするなり、伊織が表情を強張らせた。

伊織もまた狩野遊山の恐ろしさを知っているのだ。

「嫌な予感がします」

「ええ」

「他に、何か分かっていることはあるのですか？」

「浮雲さんたちは、事件に使われた刀の名前を気にしていました」

「刀の名前？」

「ええ。確か、村正——と」

八十八が口にするなり、伊織の顔がより一層、険しいものに変わった。

「確かに、村正——と言っていたんですか？」

伊織が念押しするように言った。

その声は、いつになく震えているような気がした。

「知っているのですか？」

「噂に聞いただけですが……」

「いったい、どういう刀なんですか？」

「一言で言うなら、妖刀です」

「妖刀——」

「はい。持つ者の魂を奪い、呪いをかける魔性の刀といわれています。将軍家に仇をなす刀として忌み嫌われています」

「将軍家に仇をなすとは、穏やかではありませんね」

「何でも、将軍家に謀反を企てた者たちが、使っていたのが村正だとか……」

「何と！」

「将軍家は村正を忌み嫌うようになり、家臣の者たちも、村正を使う際には、それと分からぬように銘(めい)をすり潰すとも言われています」

伊織自身、そのつもりはないのだろうが、不気味な言い回しに聞こえて、心がすっと冷たくなった気がした。

「本当に、そんなものがあるんですか?」

八十八は、おそるおそる訊ねた。自然と声が震えてしまう。

「たぶん、伝承だと思います。そもそも、村正とは伊勢(いせ)の刀工の名前であって、刀そのものの名前ではないのです」

「そうなんですか……」

町人で、これまで刀を握ったこともない八十八は、そういうことにはとんと疎(うと)い。その点、伊織はさすがは武家の娘だ。

「ですから、ただの噂だと思います」

「では、妖刀は存在しないと?」

「刀を持っていると、ときどき何かが宿ったような気持ちを覚えることはあります。ですが、人の正気を失わせるまでの力があるとは思えません」

「そうですか」

伊織の剣の腕は、相当なものだ。八十八は、伊織が武家の男を易々(やすやす)と制してしまったのを見たことがある。

そんな伊織が言うのだから、確かなことなのだろう。

「それで、八十八さんは、これからその事件を調べようとしているのですか？」

伊織が、形のいい眉をわずかに下げながら問いかけてくる。

そこが一番の問題だった――。

「私は、そのつもりだったのですが……浮雲さんからは、お前がかかわる一件ではないと一蹴されてしまいました」

八十八は、言いながらふっと肩を落とした。

浮雲が八十八を遠ざけたのは、狩野遊山が関係しているからなのだろう。確かに、狩野遊山は恐ろしい呪術師だし、進んでかかわりたいとは思わない。

しかし、狩野遊山が何を目論み、あの事件が起こったのか――知りたいという欲求があることもまた事実だ。

もしかしたら、町田天明に、ぼんぼんだと罵られたことが、引っかかっているのかもしれない。だから意固地になっている。

「私も、浮雲さんの考えと同じです」

伊織がぽつりと言った。

「え？」

「私も、八十八さんは今回の一件に、かかわらない方がいいと思います」

伊織まで、そんなことを言うとは思わなかった。

「なぜです？」

「なぜも何も、八十八さんは、偶々現場を目撃しただけで、今回の一件とは無関係ではないですか」

「それは、そうなのですが……」

「何も、八十八さんが危険を冒してかかわるようなことではありません。浮雲さんに任せておけば、大丈夫ですよ」

そう言って、伊織はにっこりと笑った。

何だか子ども扱いされているような気がした。それは、伊織に限ったことではない。浮雲の態度も同じだ。

おそらく一番の不満は、そこなのだろう。

浮雲にも、伊織にも、今まで散々助けられて来た。たまには、守られているばかりではなく、役に立ちたいと思う。

とはいえ、胸を張って堂々とそう言えるだけの力を持っていないのもまた事実だ。

「私は、いつも何もできないんです……」

八十八は、思わず口に出していた。

伊織が驚いたように目を丸くしたあと、ふっと表情を緩めて笑った。

「そんなことありません。八十八さんには、いつも救われています」

「私は何も……」

誰かを救った例(ためし)など、ただの一度もない。

「それに、八十八さんには絵があるじゃないですか」

伊織は明るく言うが、八十八は到底喜べない。昨日、町田天明に、その絵をけちょんけちょんに言われたばかりなのだ。

しかし、ここでそんなことを伊織に言ったところで、ただの愚痴になってしまう。

「そうですね。帰って、絵を描くことにします」

八十八は、苦笑いとともに言うと、伊織に背を向けて歩き出した――。

五

自室に籠(こ)もった八十八は、文机(ふづくえ)に並べた自らの絵と向き合っていた――。

町田天明が言っていたように、どれも力がない。

空に浮かぶ雲のように、摑み所がなく、ふわふわとした印象であるように思える。

何だか今日は、とても気分が重い。

天明から浴びせられた言葉もそうだが、浮雲に「かかわるな」と言われたことも堪えた。伊織の、優しい言葉も響いた。

これらは、みな同じところに根ざしているように思えた。

——裏側をちっとも見ていない。

天明の言葉に象徴されるように、自分は表面だけを見て、ぬるま湯に浸かるように安穏と生活しているのかもしれない。

だから、力のある絵を描けないし、誰も自分を頼りにしない。

考えれば考えるほどに、自分がちっぽけなものに思えて来て、八十八は思わずその場に寝そべった。

障子に赤い夕陽が当たっていた。

——あの色は、どうやって出すのだろう？

八十八が、そんなことをぼんやりと考えていると、すっと障子が開き、姉のお小夜が顔を出した。

「何を、ぐだぐだしているの」

お小夜が、腰に手を当てながら、呆れたように言う。

三つしか年齢は違わないが、幼い頃からずっと面倒を見てくれていたお小夜は、母親代わりでもあり、何かと小言が多い。

「ちょっと色々と考え事をしてたんだ」

「そうは見えないけど」

　こんな姿勢では、お小夜に言われても仕方がない。八十八は、むくりと身体を起こした。

「で、何か用？」

　八十八が訊ねると、お小夜は「そうだった――」と手を打つ。

「あなたに、お客さんが来てるわよ」

「誰？」

「それが、名前を言わないのよね。お坊さんのようだけど……」

「お坊さん？」

　僧侶に知り合いがいないこともないが、わざわざ訪ねて来るような人はいないはずだし、お小夜が名前を知らないというのも引っかかる。

　などと考えているうちに、お小夜の背後に、すっと黒い影が立った――。

「きゃっ！」

　お小夜が、突然のことに悲鳴を上げて飛び跳ねる。

　八十八も驚きで、思わず腰を浮かせた。

　そこに立っていたのは、深編笠を被り、薄汚れた法衣を纏った虚無僧だった。

「勝手に上がってしまって、申し訳ありません」

虚無僧は、丁寧な口調で言うと、ゆるりと頭を下げた。

顔は見えずとも、その涼やかな声と異様な風体（ふうてい）には見覚えがあった。

お小夜が目配せをして来た。この怪しげな男の雰囲気を察し、このまま部屋に通していいものか、思案しているのだろう。

「どうぞ。お座りになって下さい」

八十八は、虚無僧にそう促しながら、お小夜に頷いてみせた。

本来であれば、この虚無僧を家に上げたくはない。だが、ここで騒げば、この虚無僧が何をしでかすか分かったものではない。

お小夜に危害が及ぶことを恐れてのことだ——。

少し迷った素振りを見せながらも、一礼して部屋を出て行こうとするお小夜を、虚無僧が呼び止めた。

「少々、込み入った話になる故、茶などの気遣いは無用です——」

虚無僧がそう告げると、お小夜が、より一層、困惑した顔になる。

「姉さん。どうぞ、お構いなく。二人で話がしたいのです」

八十八は、できるだけ毅然（きぜん）とした態度で口にした。お小夜に、心配をかけたくなかったし、何より巻き込みたくなかった。

　お小夜は、何か言いたそうにしていたが、結局は黙って退き下がった。

「いったい何のご用件でしょうか？　狩野遊山様――」

　お小夜の気配が去るのを待ってから、八十八は静かに切り出した。

　わずかではあるが、お香の匂いがする。

　甘く、心を惑わすような、妖しげな匂いだ。

「やはり、気付いておいででしたか」

　そう言うと、虚無僧は深編笠をゆっくりと外した。

　現われた顔は、汚れた法衣とは対照的に、女と見紛うほどの美しい顔立ちだった。

　顔を見たのは一度だけだが、それでもはっきりと断言できる。今、目の前に立っているのは、呪術師――狩野遊山だ。

　顔には、うっすらと笑みを浮かべているが、放たれる気は、凍てつくほどに冷たかった。

「何の用かと訊ねています」

　八十八は、震える喉に意識を集中させ、絞り出すように言った。

「いえね。大したことではありません。ただ、昨日、たまたま八十八さんをお見受けしたので、少しだけ顔を出しておこうと思いましてね」

　狩野遊山の赤い唇が、にいっと吊り上がる。

やはり、恐ろしい。だが、同時に、ひどく魅惑的な笑みでもあった。

「あのとき、刀を持ち去ったのは、あなただったのですね」

「よく見ていらっしゃいましたね」

「あれだけ、禍々(まがまが)しい気を発していれば、嫌でも目立ちます」

「左様で御座いますか。私は影から影に身を移す者――目立つと言われてしまっては、今後は少し考えねばなりませんね」

遊山は、自らの顎に手を当て小さく頷く。

妙な感じだった。遊山の放つ気は恐ろしいのだが、こうやって話している限り、危害を加えるつもりはないように思える。

もしかしたら、本当にただ興味本位で顔を出したのでは――とすら思える。

「なぜ、あのようなことをしたのですか？」

八十八が問うと、遊山はわずかに首を傾げた。

「あのようなこととは、何のことでしょう？」

実にわざとらしい惚(とぼ)け方だ。

「次郎右衛門という男が、刀を振り回した、あの一件です」

八十八が告げると、遊山は「ああ、あれか――」と言ったあとに、ふと障子に目を向けた。

障子に当たる光が、次第に赤から黒に変じていく。

間もなく闇に支配されるだろう――。

「なぜかと問われると、私も困ってしまうのです」

「え？」

「私も、頼まれてやっているだけなのです」

「次郎右衛門に、刀を振り回させるように、頼まれたということですか？」

「いいえ。あれは、手段の一つに過ぎません。頼まれたのは、この世に存在すると、色々と厄介な人を葬ることですよ」

「つまり、目的は別の人を葬ることで、次郎右衛門は、そのために利用した――と？」

八十八は、口にしながら、改めて遊山の恐ろしさを噛み締めていた。

遊山は、殺したい相手に直接手を下すようなことはしない。別の誰かを、極めて巧妙に操り、その者に殺させるのだ。

そうやって、自分の存在はもちろん、なぜその人物が殺されたのか――という理由についても覆い隠してしまう。

「やはり、あなたは、なかなか聡明でいらっしゃる」

そう言って、遊山は白い歯を見せて笑った。この男に褒められたところで、少しも嬉しくない。

「残酷だとは思いませんか？　関係の無い人間を操り、人を殺させるなど……」

常軌を逸しているとしか思えない。

「それは勘違いです」

「勘違い？」

「私はね――」

そこまで言ったあと、遊山は八十八にずいっと顔を近付けた。

間近で見るほどに、遊山の顔はこの世のものとは思えないようだった。それほどまでに――美しい顔だった。

「次郎右衛門の願いを叶えてやったに過ぎないんですよ」

遊山の言い分は、酷く身勝手なものだ。

「人を殺すことを望む者など、いるはずがありません！」

八十八が強く言うと、遊山はにいっと薄気味の悪い笑みを浮かべた。

「何も分かっていませんね」

「………」

「世の中には、人を殺したいと願う者が、たくさんいるんです。だから、私のような呪術師が必要とされる」

「しかし、次郎右衛門は……」

「あなたは、あの男の何を知っているのです？」

「うっ……」

――知らない。

次郎右衛門がどんな男で、何を思っていたのか、八十八には知る由もない。

「私はね、ただちょっと背中を押しただけなんです」

「背中を押す？」

「はい。次郎右衛門の心の底にある願望を汲み取り、それを叶えるための切っ掛けを与えたに過ぎません」

「そんなのは、こじつけです」

もっともらしく講釈を垂れているが、実に言い訳がましい。

「それは、考え方の相違ですね」

遊山は平然と言う。

この男と話していると、全てを呑み込まれてしまうような気分に陥る。

正論を述べているはずなのに、いつの間にか、自分の方が間違っているのかも――という疑念すら浮かんでくる。

が、ここで負けてはいけない。

「では、あなたの目的は、春乃屋の廻し方や遊女を殺すことだったんですね」

八十八は、気を取り直して口にした。

玉藻の話では、廻し方や遊女が次郎右衛門に斬り殺されている。

「惜しいですね」

「惜しい？」

「ええ。それは、目的の一部に過ぎません。本当に葬らなければならないのは、もっと別の人です」

「夕霧という遊女ですか？」

長屋の前で、斬られそうになっていた女だ。

「これ以上は申し上げられません」

遊山が小さく首を振った。

「なぜです？」

「あなたは、なぜそんなに知りたがるのですか？」

そんなものは決まっている。

「助けたいからです」

遊山が、誰を殺そうとしているにせよ、助けられるものなら、そうしたい。

「あなたに、それができますか？」

「それは、やってみなければ分かりません」

八十八が言うと、遊山は声を上げて笑った。

嘲り（あざけ）とは違う。何か本当に可笑（おか）しいことを見つけた——そんな笑いだった。

「面白い。実に面白い人だ」

「私は、笑わそうとしたわけでは……」

「分かっています。真剣なのですよね。だから、面白いと言っているのですよ——」

笑顔を引っ込めた遊山が、八十八に冷たい視線を投げかけて来る。

その迫力に、八十八は言葉を失う。

「いいでしょう。では、あなたに特別にお教えしましょう」

遊山が呟くように言う。

「何を——です？」

「私が、誰を殺そうとしているかです」

「誰なのですか？」

訊ねる声が震えた。

答えを知ってしまうと、自らの身に、災厄が降りかかるような気がした。

「赤子ですよ」

「は？」

「赤子をね、殺さなきゃいけないんですよ」

「何を言ってるんです？」

八十八が訊ねても、遊山は答えなかった。

この件の話は、もう終わったとばかりに、ゆっくりと部屋の隅にある文机の前に移動した。

あっ――と思ったときには遅かった。

遊山は、八十八の描いた絵を手に取り、それをしげしげと見つめる。

呪術師である遊山は、かつては絵画の最大派閥である狩野派に属していた男だ。呪い(まじな)の道具として使ってはいるが、その筆は圧倒的な技量と力を持っている。

そんな遊山に自分の絵を見られていると思うと、怖さより、恥ずかしさの方が先に立った。

「返して下さい」

八十八が言うと、遊山は意外にもあっさりと絵を文机に戻した。

そして――真っ直ぐに八十八に目を向ける。

「これは、あなたが描いたものですか？」

「…………」

返事をすることができなかった。遊山は、それを認めたものと受け止めたらしく、わずかに顎を引いて頷いた。

「私の感想を聞きたいですか？」

遊山は、妖艶な笑みを浮かべながら、そう問いかけて来た。

――聞きたい。

それが、八十八の本音だった。

呪術師とはいえ、絵に関しては優れた才を持ったこの男が、八十八の絵をどう見たのか、興味が湧くのは自然のことだ。

だが、口にすることはできなかった。

それを訊ねてしまえば、自分の中にある何かが変わってしまう。そんな気がしたからだ。

無言を貫いていると、遊山は静かに八十八の前に座った。

冷たい視線が、八十八を射貫く。

身体を引こうとしたが、まるで金縛りにあったかのように、動けなかった。

「あなたは、素晴らしい技量をお持ちだ。構図もいいし、繊細で美しい色使いは見惚れるほどです。これは、天賦の才と言っていい。しかし――」

そこまで言って遊山は言葉を切った。

八十八は、ごくりと喉を鳴らして息を吞み込み、続く言葉を待った。だが、いくらそうしていても、遊山は一向に先を言おうとしない。

——焦らしているのか？

「しかし——何です？」

八十八は、先を知りたいという欲求を抑えることができずに口に出した。

遊山は、満足そうに薄い唇を歪めて笑う。

「あなたの絵には、心がありません——」

遊山の放った言葉が、部屋の中で幾重にも響いたような気がした。

耳鳴りがして、八十八は、身体がぐらぐらと揺れるのを感じる。身体がどっと重くなったように感じる。

「やはり……天明さんにも同じことを……」

思わず口に出していた。

「天明とは、町田天明のことですか？」

遊山が問う。

八十八は答えなかった。しかし、遊山は八十八の表情から全てを察したようだ。

「あのような小物の言うことなど、まともに聞く必要はありません——」

「え？」

遊山が小さく頷く。

「あの者の絵にもまた、心はありません。荒々しさはありますが、それは、報われなかった自らに対する僻み。或いは、あなたのような才覚のある者に対する妬みに過ぎません」

遊山が、八十八の耳許に顔を近付け、囁くように言う。

独特の声色が、八十八の心を震わせる。

「どういうことです？」

「あの者は、己より才覚のあるあなたを妬み、潰そうとしているのです」

「そんなはずは……」

「無い――と言い切れますか？」

「しかし、私の絵に心がないと言ったのは、あなたも同じです。それは、妬みなどではなく、それが事実だからでしょう」

八十八がそう言うと、遊山の顔からすっと笑みが消えた。

「何も分かっていない」

「何がです？」

「町田天明には、技量や繊細さが無いのです。つまり才がない。才がない者が、いくら努力を重ねたところで、限界がある。あの者は、己の限界に気付いているのです。だから、逃げ続けている」

「何を言っているんです？」

「分かりませんか？」

「分かりません」

「あなたは、あの者には無いものを持っている」

「無いもの？」

「天賦の才です。あなたは、誰よりも素晴らしい絵を描くことができる。ただ、そのためには、どうしても足りないものがある――」

「足りないもの？」

八十八は、眉間に皺を寄せて聞き返した。

不思議だった。巻き込まれてはいけないと思っていたのに、いつの間にか、遊山の巧みな語り口に惹き込まれている。

「影――」

遊山が言うのに合わせて、チリン――と鈴の音がした。

「影？」

「はい。あなたの絵に心が感じられないのは、影がないからです」

「影がないから……」

「そうです。光があるところには、必ず影がある。どちらか一方を切ってしまっては、物事の本質を見失います。絵も同じでしょう。明暗があってこそ、初めて絵は活きるのです――」

チリン――と再び鈴の音がした。

遊山の言う通り、明暗があってこそ、初めて絵は活きる。どんなに綺麗な色も、それと引き立てあう色があってこそのものだ。

それは分かる。だが――。

「何が言いたいのです？」

「あなたは、春の日射しのような人だ。柔らかく、温かい光に満ちている。だが、光ばかりで影がない」

「だから、絵が活きない――と？」

「そうです」

遊山が、大きく頷いた。

あれほどまでに、不気味で、異質だと感じていた遊山の存在が、いつの間にか部屋の中に馴染んだような気がした。

それは、八十八が遊山の存在を受け容れ始めたからなのか、或いは、部屋が闇に包まれたからなのか――。

「どうすれば、良いのですか？」

八十八は、すがるような視線を遊山に向けた。

もし、自分の絵に魂を込める方法があるのであれば、それを知りたい。相手が狩野遊山であったとしても、それで絵が描けるなら——そう考え始めていた。

遊山は、にいっと笑みを浮かべると、布にくるまれた筒状の物を畳の上に置いた。

「これは？」

「あなたが活きた絵を描くための、手助けとなるでしょう」

そう言って、遊山は布を外した。

八十八の目の前に現われたのは、朱い鞘に納められた刀だった——。

町田天明の長屋の前で、次郎右衛門という男が振り回していた刀だ。数多（あまた）の血を吸い、持つ者を破滅へと導く——。

妖刀——村正。

「刀？」

「そうです。この刀を、あなたに差し上げます」

「こんなもの……」

「ただの刀ではありません。この刀は、必ずやあなたが求めているものを、引き出してくれることでしょう——」

遊山が、ずいっと刀を八十八の眼前に差し出す。

刀からは、禍々しいまでの気が発散されていた。それが、部屋全体を瞬く間に満たし、身体全体が重くなったような気がした。

——これは妖刀だ。

決して手に取ってはいけない。そう思う反面、足りないものを満たしてくれるかもしれないという欲求も芽生えていた。

——いや！　駄目だ！

この妖刀を手にした男がどうなったか、知っているはずだ。もし、この刀を手にすれば、自分は二度と戻れない場所に行ってしまう。

闇に呑まれ、自らを失ってしまう。たとえ、活きた絵が描けるようになったとしても、それはもはや自分の絵ではない。

いや、それでもいいではないか。このまま、影のない絵を描き続けて何になる？

チリン——。

鈴の音が、八十八の心を揺らす。

それが合図であったかのように、自然と手が動き、真っ直ぐに刀に伸びて行く。自分では抗いようがない何か大きな力に、引っ張られているような感覚だった。

遊山が、嬉しそうに笑った——。

このままでは、刀を手に取ってしまう。

そうなれば、自分は自分ではない何かになってしまうのかもしれない。

抗おうとしたが、身体がいうことを聞かなかった。

「私は……」

「いけません！」

唐突に声がして、すっと障子が開け放たれたかと思うと、黒い影が部屋の中に飛び込んで来た――。

六

「その刀を手にしてはいけません！」

障子を開け、部屋に飛び込んで来たのは、八十八の知っている人物だった――。

「伊織さん」

八十八がその名を呼ぶと、伊織は微(かす)かに笑みを浮かべ、小さく頷いた。

「い、伊織さん。なぜここに？」

「あのあと、どうにも八十八さんのことが心配になって、様子を見に来たんです」

「様子を？」

「はい。納得していないという顔をしていましたから……」

確かに伊織の言う通りだ。

あのとき、不満を抱えたまま伊織と別れた。それを伊織は、見抜いていたということだろう。

以前、青山家で起きた事件のとき、伊織もまた狩野遊山と顔を合わせている。その恐ろしさを知っているが故に、心配になったのだろう。

「伊織さん……」

「私が足を運んだら、お小夜さんが、怪しげな男が訪ねて来ていると心配しておられました。もしやと思い、上がってきたというわけです」

伊織が早口に言う。

遊山が小さくため息を吐いた。

「せっかく、いいところだったのに、邪魔が入ってしまいましたね――」

囁くような声で言ったあと、遊山はゆっくりと立ち上がった。

その姿は、さっきまでとはうって変わって、殺気にも似た禍々しい気を放っていた。

「あなたは狩野遊山ですね？」

伊織が問うと、遊山は「そうだ――」と悠然と答える。

「これ以上、八十八さんを惑わすのは止めて下さい」

「惑わす？　私が？　冗談はよして下さい。私はただ、八十八さんの心を満たして差し上げようとしただけです」

「違います。あなたは、己の計略のために、八十八さんを利用しようとしているだけです」

伊織が、持っていた木刀を構える。

それでも、遊山は動揺するどころか、余裕の笑みを浮かべてみせた。

「私を、討とうというおつもりですか？」

遊山が、伊織に向かって静かに問う。

「そちらの出方次第によっては、そうさせて頂きます」

伊織が毅然と言い放つ。

八十八も立ち上がろうとしたが、頭がくらくらして、すぐに尻餅をついてしまった。

「多少は、剣の覚えがあるようですね。しかし、そんな生半可(なまはんか)な腕では、逆に怪我をしますよ」

遊山の鋭く、冷たい眼光が伊織に向けられる。

「あなたの刀は、まだ鞘に入っています。しかし、こちらはもう構えています。どちらが優位かは、自(おの)ずと分かると思います」

伊織の言う通りだ。

遊山が、いかほどの腕かは知らないが、状況から考えて、伊織の方がはるかに有利だ。

それなのに、どうにも嫌な感じがする。

遊山は、声を上げて笑った。

「小娘相手に、刀を抜くまでもありません――」

遊山は、言うなり素早く伊織の懐に潜り込んだ。

次の瞬間、伊織は宙を舞い、畳に転がっていた。そればかりか、持っていた木刀を遊山に奪われてしまっていた。

電光石火とは、まさにこのことだ。

あまりの速さに、八十八は何が行われたのか、まるで見えなかった。それは、伊織も同じだったらしく、畳の上に寝転んだまま呆然としている。

「さて、こうなれば、物分かりの悪いお嬢さんでも、どちらが優位かは分かるでしょう」

遊山が、笑みを浮かべながら言い放った。

伊織の表情が、屈辱に歪む。

遊山は、伊織から奪い取った木刀を放り投げると、持っていた刀の柄に手をかけた。

「止せ！」

すかさず止めに入ろうとした八十八だったが、すぐに遊山に制された。

「動けば、この小娘が死にますよ」

「ぐっ……」

さっきの動きで、この男がとてつもない腕の持ち主であることは分かった。自分などが足掻いたところで、到底太刀打ちできない。

だが、それでも、ここで手を拱いているわけにはいかない。

「うおぉ！」

八十八は声を上げて気力を振り絞ると、遊山に飛びかかった。

しかし――。

何の手応えもなく八十八の腕は空を切り、つんのめるようにして倒れ込んでしまった。

どうやら、容易くかわされてしまったようだ。

起き上がろうとしたが、遊山に背中を踏まれ、身動きが取れなくなった。見た目は優男なのに、強烈な力だ。

「八十八さん。さっきの話は、私の本心なんですよ」

遊山が、おもむろに語り出した。

「あなたには、天賦の才がある。しかし、あなたの心は真っ白な紙のように、汚れを知らない。だから――力がない」

「何が言いたいんです？」

八十八は、息を詰まらせながら問う。

そうやって時間を稼ぎ、伊織を逃がすつもりだった。

しかし、遊山は、そんな目論見など、最初からお見通しだったらしく、持っていた刀を抜き放ち、その切っ先を伊織に向けた。

遊山の持つ刀からは、どす黒い何かが舞い上がっているようだった。

「私が、あなたに足りないものを与えてあげましょう」

そう言って、遊山が刀を振り上げた。

刃が風を切る音が、八十八には悲鳴に聞こえた。

「な、何をする気です?」

「まだ分かりませんか?　あなたの真っ白な心を、この小娘の血で、染めてあげるんですよ」

「なっ!」

「赤く染まったあなたの心には、やがて暗い影ができる。その影は、あなたの絵に力を与えることでしょう」

遊山が、何をしようとしているのかを悟った八十八は、必死に暴れる。

だが、いくらそうしたところで、身体は少しも動かない。

それを嘲るように、遊山が陰湿な笑みを浮かべた。

「伊織さん!　逃げて下さい!」

八十八は叫んだ。

伊織は、それでも逃げようとしなかった。

遊山が捨てた木刀に目を向けている。あれを摑んで、反撃に転じようとしているのだろう。

しかし、それは無謀と言わざるを得ない。

伊織が遊山に勝てるとは思えなかった。何より、木刀を摑む前に、斬られてしまうだろう。

「止めろ！」

八十八が叫ぶのが合図であったかのように、伊織が木刀に飛びつこうとする。

遊山の刀が、伊織に向かって振り下ろされる。

――斬られた！

そう思った刹那、何者かが部屋に飛び込んで来た。

その人物は、素早く抜刀し、遊山が振り下ろした刀と斬り結んだ。

キンッ――と鋼のぶつかり合う音が響く。

「土方さん！」

八十八は、思わず声を上げた。

部屋に飛び込んで来て、伊織を救ったのは、薬の行商人である土方歳三だった。

「間に合ったようですね」

土方が、目を細めて笑う。

「なぜ、ここに？」

「あの男に、頼まれましてね」

土方は手短に告げると、刀を構えて遊山と向き合った。

「薬屋の土方さんですか――」

遊山が苦々しく言うと、土方は笑みを浮かべた。

「ご無沙汰してます。お元気そうで何よりです」

土方の口ぶりからして、お互いに旧知の間柄のようだ。土方という男は、つくづく得体が知れない。

精悍（せいかん）な顔立ちで、物腰も柔らかいのだが、時折、酷く冷たい顔を見せる。その上、薬の行商人であるにもかかわらず腕も立つ。

「あなたも元気そうですね」

遊山がにいっと笑ってみせる。

「お陰さまで」

そう応じた土方の顔は、普段の穏和な笑みとはうって変わって、鬼と見紛うほどの恐ろしさだった。

「なぜ、あの男と一緒にいるのです？　あなたは、どちらかといえば、私の側の人間でしょうに」

遊山は一度刀を引き、土方と距離を取りながら言う。

「そうかもしれませんね」

「でしたら、私と一緒に来ませんか？　あなたなら、それなりに役に立つ」

「生憎、私には従おうと誓った男がおります」

「それが、あの男——というわけですか？」

「いいえ。別の御仁です。今は、剣術道場の師範に過ぎませんが、やがては歴史に名を残すであろう男ですよ」

土方の言う男が、何者かは分からないが、他人にここまで言わしめるのだから、相当な人物なのだろう。

「交渉決裂ですね」

「そのようです」

「どうします？　私とやり合うつもりですか？」

遊山が土方に問う。

「そのつもりはありません。今のところは——ですが」

土方が含みを持たせた言い方をする。

「では、どうするつもりです？」

「それは、あなた次第です」

土方が言うのに合わせて、どたどたと多くの人が駆けて来る足音が聞こえて来た。

「人を呼んだか……」

「ええ。この家の方たちが集まって来ます」

その言葉を裏付けるように、父の源太や、姉のお小夜、番頭や丁稚(でっち)たちが駆け寄って来た。

刀を構えて向き合う男二人を見て、みなぎょっとした表情を浮かべる。

「八十八！」

「何の騒ぎなの？」

源太やお小夜が、次々と声を上げる。

「ついでに、岡っ引きも呼んでありますが、どうします？」

土方が静かに言った。

遊山は、集まった人々を見渡したあと、小さく笑ってみせた。

「いいでしょう。楽しみは、次にとっておくとします——」

遊山はそう言うと、刀を鞘に納め、深編笠を被ると、悠然と部屋を出て行く。

この隙に、取り押さえることができるかもしれない。そう思った八十八だったが、それを見透かしたように、土方が首を左右に振った。

「ここで事を起こせば、多くの犠牲者が出ます」

土方の言う通りだ。

全員でかかれば、遊山を取り押さえることができるかもしれないが、源太やお小夜といった家の者たちはもちろん、伊織も無傷では済まないだろう。

チリン――。

鈴の音とともに、遊山は元からいなかったかのように、綺麗に姿を消してしまった――。

七

――あの男が待っています。

土方の案内に従って、八十八は伊織と一緒に、馴染みの居酒屋である丸熊（まるくま）の二階の座敷に顔を出した。

部屋の中では、いつも通り壁に寄りかかるようにして、浮雲が座っていた。

「無事だったようだな」

浮雲は、赤い双眸で八十八と伊織を見据えたあと、盃の酒をぐいっと呑み干す。

「どういうことなのです？」

八十八は、ずいっと浮雲に詰め寄った。

天明の長屋での一件に始まり、浮雲に蚊帳の外に放り出されたかと思ったら、今度は狩野遊山の訪問——。

危ういところを、伊織と土方に救われ難を逃れたものの、分からないことだらけで混乱している。

「お前の姉さんに感謝するんだな」

浮雲が苦笑いを浮かべながら言った。

「え？」

「お前のところに狩野遊山が行ったあと、お前の姉さんは、様子がおかしいとおれのところに使いを寄越した」

「姉さんが……」

お小夜には、狩野遊山のことを話していなかったが、おそらくは彼が放つ、禍々しい気に胸騒ぎを覚えたのだろう。

「それで、歳三を行かせたというわけだ」

浮雲がチラリと土方に目を向けた。

土方は涼しい顔で小さく頷くと、綺麗な所作でそこに腰を下ろした。

本当に、謎の多い男だ。

今は穏和な笑みを浮かべているが、遊山と対峙した瞬間は、まるで鬼のような形相だった。

いや、修羅と言った方がいいだろうか——。

それに、遊山とも知り合いのようだった。しかも、何やら因縁がありそうだ。

「狩野遊山は、なぜ八十八さんのところに行ったのですか？」

疑問を口にしたのは伊織だった。

そうだった。土方が助けに入って来た理由は分かったが、何も疑問はそれだけではない。

「どういうことです？」

八十八も、身を乗り出すようにして浮雲にせっつく。

「おそらくは奴の戯れだろう」

長い間を置いたあと、浮雲は無表情に言った。

「戯れ？」

「そうだ。奴は、お前の純粋さに目をつけ、それを穢してみたいと思ったのさ」

確かに、遊山はそんなようなことを言っていた。だが——。

「何のために？」

「そうやって、八を影の中に引き摺り込もうとしたのさ——」

浮雲が、赤い双眸をすっと細めた。

「影の中に?」

「そうさ。まあ、言うなれば、自分の側に引き込もうとしたというところだろう」

浮雲の言わんとしていることは、感覚として分かった。

自分が純粋かどうかはさておき、遊山との間には、目に見えない境界のようなものがあるような気がする。

人として越えてはいけない境目のようなものだ。遊山の言葉を借りるなら、影の世界とでもいったところだろう。

しかし、八十八には分からない。

「なぜ、そのようなことを?」

「だから戯れなんだよ。前にも、奴は同じようなことをした」

「え?」

「戯れから、一人の人間の心を穢し、影の中に引き摺り込んだのさ——」

「それで、どうなったのですか?」

「訊くな!」

浮雲は、吐き捨てるように言った。

赤い瞳が、怒りの炎に燃えているようだった。詳しくは分からないが、悲惨な結末を迎えたであろうことは、自ずと察しがついた。

——もし、あのとき、刀を手に取っていたら、自分はどうなっていたのだろう？

今さらながら、八十八は寒気を覚えた。

その先に待っていたのは、悲惨などという言葉では、到底及びもつかないような闇で
あったような気がする。

「それより、座ったらどうだ？」

浮雲が、小さくため息を吐きながら言った。八十八は、伊織と顔を見合わせ、頷き合
ってから座った。

他にもまだ訊きたいことが、山のようにある。

口を開こうとしたが、浮雲がそれを制した。

「まずは、八の話を聞かせろ」

浮雲が瓢の酒を、盃に注ぎながら言う。

「私の——ですか？」

「そうだ。奴は、遊山は、此度の事件について、何か言っていなかったか？」

八十八は、浮雲に問われて考えを巡らせる。

奇妙なお香の匂いで、頭がぼおっとしていたが、話した内容は覚えている。

「遊女屋を襲うのは、目的の一部に過ぎなかった——と」

八十八が口にすると、浮雲は左の眉をぐいっと吊り上げた。

「目的の一部？」

「はい。本当に葬らなければならない者は、もっと別にいると」

「誰だ？」

浮雲が、盃の酒を一息に呑み干しながら問う。

「詳しくは分かりません。ただ……」

「何だ？」

「赤子だ――と」

「別の意味がありそうだな……」

浮雲が、尖った顎をさすりながら言う。

八十八も、浮雲の意見に同感だった。年端も行かぬ赤子が、呪術師によって葬られる道理はない。

その言葉には、何か別の意味が込められていると考える方が妥当だろう。

しかし――それが何かは分からない。

八十八が唸るように考えを巡らせていると、すっと襖が開き、一人の女が入って来た。

玉藻だった――。

突然現れた玉藻に、全員の視線が一斉に向けられる。

八十八なら恥ずかしくなって俯いてしまうところだが、玉藻は悦に入っているかのように、たっぷりと間を置いてから、赤い唇を艶めかしく開く。

「それは、言葉通りの意味よ」

玉藻の言葉に、全員が「え？」となった。

その様子を楽しむかのように、玉藻は小さく笑みを浮かべると、ゆっくりと浮雲の許に歩み寄り、しなだれかかるようにして座る。

身のこなしの一つ一つが、匂い立つような妖艶さを秘めている。

玉藻は、視線は八十八たちに向けながら、浮雲の耳許で何ごとかを囁いた。

その言葉で、全てを察したらしい浮雲は、白い歯を見せて、いかにも嬉しそうに笑ってみせた。

「何なんですか？」

八十八が、身を乗り出すようにして訊ねる。

浮雲は、壁に立てかけた金剛杖を持って立ち上がると、部屋の中の面々を、ぐるりと見回してから口を開いた。

「憑きものを落としに行くぞ」

そう言って、浮雲は金剛杖で、ドンッと畳を突いた——。

八

八十八が、浮雲たちと足を運んだのは、天明の住んでいる長屋の路地だった――。

ここは、まさに事件の現場となった場所だ。

夜もだいぶ更けており、長屋は灯り(あか)も消えて、みな寝静まっているようだった。

ただ、わずかに赤子の泣き声がしている。

ふと隣に目を向けると、伊織が木刀をぎゅっと固く握っていた。緊張からか、その表情は硬く険しい。八十八も、同じ気持ちだ。

それとは対照的に、土方と玉藻、それに浮雲は、平素と変わらぬように見える。

こういったことに慣れているというのもあるのだろうが、何より肝が据わっているのだろう。

「何をするつもりなのです？」

八十八が訊ねると、浮雲は赤い双眸を向けて来た。

月明かりに照らされ、浮雲の肌の白さが、より一層際立ち、瞳の赤さが増したように見える。

「さっきも言っただろう。憑きものを落とすのさ」

浮雲は、さも当然のように言うが、やはり八十八には分からない。

「ですから……」

言いかけた八十八の声を遮るように、女の悲鳴が闇を切り裂いた。

何ごとかと目を向けると、長屋から赤子を抱えた女が、必死の形相で飛び出して来た。

事件の日にも目にした、天明の隣の部屋の女だ。

「もう動いてやがったか……」

浮雲は、吐き出すように言うと、逃げ惑う女の許に駆け寄っていく。

八十八は、伊織と顔を見合わせてから、あとを追う。本音を言えば恐ろしいが、このまま何も知らずに終わることも、どうにも我慢できない。

「来るな！」

女の許まで駆け寄った浮雲が、鋭く叫んだ。

八十八と伊織は、思わず足を止める。

浮雲が、女を庇うようにしながら、じりじりと後退る。

それを追いかけるように、女が飛び出して来た部屋の中から、何かが現われた。

それは人だった——。

刀を持ち、威嚇する犬のように、うー、うー、と唸り声を上げている。

「あれは……」

八十八は、月光の下に浮かび上がる男の姿を目にして、思わず声を上げた。

刀を持った男は、八十八の知っている人物——町田天明だった。

目は血走り、口からは涎を垂らし、獣のような形相ではあるが、あの顔に間違いはない。

「なぜ、天明さんが？」

八十八が、答えを見出す前に、天明が刀を振り上げて浮雲に襲いかかる。

浮雲は、素早く身を引き、刀の斬撃をかわした。

一度間合いを取って、天明と対峙する。

妙な感じだった。

天明は構えも無茶苦茶だし、ただ乱雑に刀を振り回しているように見える。浮雲ほどの腕があれば、瞬く間に討ち倒してしまいそうなものだ。

「ああいうのが、一番厄介なんです」

八十八の疑問を見透かしたように、伊織が言った。

「どうしてです？」

「完全に我を失い、己の命を顧みず、刀を振り回されては、相手の攻撃が読めないからです」

「そういうものなのですか？」

「はい」

伊織が大きく頷いた。

何となくではあるが、八十八にも分かった気がした。

天明は、右に左にと刀を振り回す。

体勢がぐらつき、刀を振るたびに身体が流れてしまっている。天明が刀を振るっているというより、刀の方に振り回されてしまっているようにすら見える。

女と赤子を庇いながらであるせいか、浮雲が押されているように見受けられる。

——助太刀した方がいいだろうか。

そう思い、足を踏み出そうとしたが、土方がそれを制した。

「下手に近付けば、斬られるのがおちです」

土方の言う通り、不用意に近付けば、振り回された刀にやられるかもしれない。

「しかし……」

「大丈夫です。あの程度で怯む男ではありませんよ」

土方の言葉を証明するように、浮雲は金剛杖を槍のように構えると、その丈の長さを活かし、天明の腹に強烈な突きを入れた。

天明は大きく後方に吹き飛び、長屋の壁に身体を打ち付け、そのままずるずると倒れた。

浮雲が金剛杖を肩に担ぎ、ふうっと息を吐く。

「どういうことです？」

八十八は、浮雲に駆け寄りながら訊ねた。

いったいなぜ、天明は刀を振り回し、隣の部屋に住む女と、その赤子を狙ったのか
――それが分からなかった。

「見ての通りさ」

浮雲が、ふんっと鼻を鳴らす。

そんな風に振る舞われても困る。見て分からないから、訊ねているのだ。

「分かりません！」

八十八が声を荒らげると、浮雲は小さくため息を吐いた。

「この男もまた、狩野遊山に操られたのさ」

「え？」

「見ろ。そいつが持っているのは、妖刀村正だ」

浮雲が金剛杖で、倒れた天明が握っている刀を指し示した。

朱い柄の刀――確かに村正だ。

「妖刀に操られていたということですか？」

「少し違う」

浮雲が小さく首を振る。

「村正に、人を操るような妖力はない」

「では、どういうことです？」

「あれに宿っているのは、数多の怨念よ」

浮雲の双眸が、忌々しげに村正に向けられる。

「怨念？」

「そうだ。刀によって人を斬る。斬られて命を落とした者の霊魂が、怨念となり刀に宿る。そうやって、数多の霊魂の恨み、辛みを抱え込んだものがあれだ――」

浮雲の説明を聞き、八十八は昨日の長屋での光景を思い返した。

次郎右衛門の身体にまとわりついた、人の影のようなものは、刀に斬られた者たちの怨念だったということなのだろう。

「刀を持った者は、浮かばれない数多の霊魂にとり憑かれ、正気を失うことになる。それが――妖刀の正体だ」

浮雲が、金剛杖でドンッと地面を突きながら言った。

長い歴史の中で、持ち主を替えながら、あの刀は本当に沢山の人を斬って来たのだろう。その度に、怨念を宿し、禍々しい瘴気を放つ妖刀と化した。

「そういう意味では、人を斬ったことがある刀は、みな妖刀さ。ただ、あの刀は人を斬り過ぎた」

　浮雲が呟くように言った言葉に、伊織が唇を噛むようにして俯いた。

　剣を学ぶものとして、どんな綺麗事を並べようとも、それが殺人の為の技であることを痛感しているのかもしれない。

　だが、伊織が持つのは木刀だ。人の命を奪うものではない。

　そう言おうと思ったが、下手な慰めにしかならないような気がして、口に出すことはできなかった。

「やはり、天明さんは妖刀に操られていた——ということですよね」

　しばらくの沈黙のあと、八十八は口にした。

「さっきも言ったが、妖刀は人を操らない。ただ、正気を失わせるだけだ。そうすることで、心の中にあるわずかな怒りや憎しみといったものが、抑えようがないくらいに膨らんでしまうのさ」

　浮雲が静かに言った。

　妖刀を持った者は、数えきれないほどの幽霊に囲まれ、その憎しみや、怒りといった感情を直接受け止めてしまう。

　それは、正気を失うには、充分過ぎるものだろう。

「でも、なぜ天明さんはあの女の人を、殺そうとしたのですか？」

八十八は、赤子を抱えて震えている女に目を向けた。

いくら正気を失っていたとはいえ、天明が隣の部屋の女を斬る道理はない。

「五月蝿(うるさ)かったのだろう」

浮雲が、ふんっと鼻を鳴らしながら言った。

その説明で、八十八にも合点(がてん)がいった。

隣の部屋から聞こえてくる赤子の泣き声——天明はそれに苛立(いらだ)っていた。

平素であれば、その程度で済んだのだろうが、妖刀を手にしたことで、天明の中にある怒りが増幅し、斬り殺したいと思うほどにまでなってしまったのだろう。

「なぜ、天明さんは妖刀などを持ってしまったのですか？」

八十八が問うと、浮雲は嫌そうに顔を歪めた。

「狩野遊山に渡されたんだろうさ」

そうとしか考えられない。

しかし、八十八はそれでも腑(ふ)に落ちないことがあった。

「天明さんは、狩野遊山を知っていました。それに、以前、遊山には近付くなとも言っていました」

青山家の事件が起きたときだ。

あの様子からして、天明が素直に狩野遊山から妖刀を受け取ったとは考え難(にく)い。

「相手がどう思っていようが、その心の隙間に入り込む。それが、狩野遊山という男だ。八も、それを経験したんじゃねぇのか？」

浮雲に問われて、はっとなった。

まさにその通りだ。相手が、狩野遊山だと分かっていながら、その巧みな話術に惹き込まれ、危うく妖刀を手にしかけたのは、誰あろう八十八自身だ。

「あの……」

伊織が、戸惑いながらも口を挟んで来た。

「今の話を聞く限り、狩野遊山は、あの女の人を殺すために、天明さんに妖刀を渡したように聞こえますが……」

「あら。生娘(きむすめ)の割に賢いのね」

伊織の言葉に答えたのは、玉藻だった。

「どういう意味です？」

頬を赤らめながら怒る伊織の頰を、玉藻がそっと撫(な)でる。

「怒った顔も可愛(かわい)いわね」

「や、止めて下さい」

玉藻は、顔を振り逃げる伊織を、楽しそうに見つめたあと、すっと赤子を抱えた女の許に歩み寄った。

「この女は、元々は春乃屋の遊女だったの。名前は佳の江(かえ)――」

凛(りん)とした声で、玉藻が言う。佳の江と呼ばれた女は、顔を伏せたまま何も答えない。

玉藻は小さく笑みを浮かべてから続ける。

「そこで、ある殿方と本気の恋に落ち、この子を授かった」

「それがどうして、命を狙われることになるのです?」

伊織が訊ねる。

「その殿方は、たいそうな身分の方なの。本来は、内藤新宿などを一人で出歩くことすら許されないほどのね」

「それなのに、どうして?」

「その殿方も、最初は、ただ面白半分で警固の目を盗み、街を散策していた程度のことだったのよ。それが、出会ってしまった。そして――お互いに惹かれ合った」

「しかし、それならば、妾(めかけ)として引き取れば良いではないですか」

八十八が言うと、玉藻が苦笑いを浮かべた。

「それが許されない家系のお方だったのよ。意味は分かるかしら?」

玉藻が言った。

「いったい、誰なんです?」

「それは知らない方がいいわ。あなたたちも、ただでは済まなくなるわよ」

玉藻が八十八を睨んだ。

その迫力に気圧(けお)され、八十八はそれ以上、口を開くことができなくなった。

だが、事情は察した。口に出すのも憚(はばか)られるほど高貴な人物が、内藤新宿の遊女との間に子を儲(もう)けたなどということが表沙汰になれば、大変な騒ぎになるだろう。

その存在を、亡き者にしようという動きがあっても不思議はない。だから——佳の江とその子は、命を狙われたということなのだろう。

最初は、春乃屋に恨みを持っている次郎右衛門を利用し、事情を知っている春乃屋の者たちを血祭りに上げた。

長屋で夕霧を襲った際に佳の江と赤子も殺してしまえれば良かったが、玉藻が邪魔をしたことで失敗に終わった。そこで、次は天明を使い、佳の江と赤子を始末しようとした。

それが今回の事件のあらましといったところのようだ。

チリン——。

どこからともなく鈴の音がした。

恐怖とともに目を向けると、暗闇の中に立っている虚無僧の姿が見えた。

あれは——。

「狩野遊山」

八十八が、その名を口にすると、再びチリン——と鈴の音がした。

「あなたたちは、本当に厄介ですね。仕事の邪魔をする」

遊山が、よく通る声で言った。

「なぜ、このようなことをするのですか？」

八十八が問うと、遊山は声を上げて笑った。

「仕事だからですよ」

「人の命を奪うことが、仕事なのですか？」

「あなたは、思いの外、ものの見方が小さいですね」

「え？」

「この程度のことは、あくまでこれから起きる、歴史の大きな流れの布石に過ぎないのです——」

——何を言っているんだ？

それが、八十八の素直な感想だった。

赤子一人を葬ることが、どうして歴史の流れになるのか、それがさっぱり分からない。

「御託はいい」

浮雲が八十八をずいっと押し退けると、遊山の前に立った。

「お前の仕事は失敗に終わった。そろそろ、決着をつけようじゃねぇか」

浮雲は、今まで見たことがないほど、鋭く鮮烈な眼で遊山を睨み付けている。そこにあるのは、不動明王に負けず劣らずの憤怒の感情であるように思えた。

しかし、遊山はまるで動じない。

口許にうっすらと笑みを浮かべる余裕すらある。

「そうしたいところですが、私も急いでいるのです。あなたのお相手は、あの男がしてくれますよ」

チリン――。

三度(みたび)、鈴の音がした。

それが合図であったかのように、倒れていた天明がゆっくりと起き上がった。

手には、まだ妖刀村正が握られている。

「謀(たばか)ったな！」

浮雲は、素早く金剛杖を構える。

しかし天明は、浮雲の方には目もくれず、佳の江とその子に向かって襲いかかった。

狩野遊山が、わざわざ姿を見せたのは、そうすることで浮雲の注意を、佳の江から自分の方に向けるためだったのだろう。

そこに隙が生まれたのだ。

伊織が、木刀で攻撃を防ごうと駆け出したが、ここからでは間に合わない。

——斬られる！

呆然とする八十八の前で、血飛沫が舞った。

斬られたのは——天明だった。

土方が、稲妻の如き素早さで抜刀し、天明を斬り捨てたのだ。

「ぎゃあ！」

天明が、悲鳴を上げながら倒れ、地面の上をのたうち回る。

「殺しちゃいませんよ」

土方が、刀を鞘に納めながら言う。

目を向けると、天明の右腕が断ち切られていた。

伊織が素早く駆け寄り、さらしを天明の右腕に巻き付け、血止めをする。

確かに、命は取っていない。しかし、右腕を失えば、絵師としては死んだも同然だ。

ある意味、命を取られることより惨い。

しかし、土方を責めることはできない。佳の江とその子どもを救うためには、ああするより他なかった。

——本当にそうか？

八十八の中に、疑念が生まれた。その理由は明白だ。

天明を斬る瞬間の土方が、血に飢えた修羅のように見えたからだ。

「八十八さん。手伝って下さい。天明さんを診療所に――」

伊織に声をかけられ、八十八は慌てて天明を運ぶ手伝いをする。

幸いにして、近くに荷車が置いてある。それに天明を乗せたところで、ふと路地に目をやると、呆然と立ち尽くしている浮雲の背中が見えた。

その視線の先にいたはずの遊山の姿は、最初からいなかったかのように、見えなくなっていた。

「八十八さん。急ぎましょう」

伊織に急かされ、八十八は荷車を押して駆け出す。

途中で振り返ると、土方が地面に落ちた妖刀を手に取り、恍惚とした表情を浮かべながら眺めていた。

――あの刀をどうするつもりだろう？

八十八に、土方の真意が分かるはずもなかった。

その後

後日――。
八十八は、伊織とともに小石川宗典の診療所を訪れた。

げていた。

町田天明を見舞うためだ。

八十八たちが部屋に入ると、天明は布団の上にあぐらをかき、ぼんやりと天井を見上げていた。

元々、枯れ枝のように細かった天明が、より一層、やつれたように見える。

「八か――」

八十八を認めると、天明は顔を向けて小さく笑みを浮かべた。

しかし、それはすぐに痛みを堪える表情へと変わった。一命は取り留めたものの、右腕を失ったのだ。

肉体的な痛みもそうだが、心も相当に傷ついているはずだ。

「お加減はいかがですか?」

八十八は、そう言って腰を下ろした。

もっと、別の言葉があっただろうが、今の八十八には、他にかけるべき言葉が思い浮かばなかった。

伊織は黙礼をしてから座った。

天明は、かつてあった右腕に目を向け、苦笑いを浮かべる。

「自業自得だな」

天明がポツリと言う。

「いえ、そんな……」

八十八は、どう言っていいのか分からず言葉を濁した。

「気を遣うことはねぇ。おれが、こうなったのは自業自得だ」

天明が吐き捨てるように言う。

「そんなことはありません。あれは、狩野遊山の企みです」

伊織が小さく首を振りながら言った。

「お嬢ちゃん。妙な慰めは止してくれ。余計に惨めになる」

「しかし……」

「遊山の企みに、まんまと乗っちまったのは、おれの浅はかさ故だ」

「逃れる術は無かったと思います」

八十八は、身を乗り出すようにして言った。慰めではない。それが、八十八の率直な思いだった。

「会ったのか？」

天明が、落ち窪んだ目をぎろっと八十八に向ける。

八十八が「はい」と頷くと、天明がふっとため息を吐いた。それだけで、何があったのかを察したようだった。

「やっぱり、おれが愚かだったんだ。八は、遊山に会いながら、惑わされることはなかった」

「それは違います。私も、危うく惑わされるところでした。伊織さんや、姉さん、それに土方さんたちがいなければ、どうなっていたか……」

八十八は、ちらりと伊織に視線を向けながら言った。

もしあのとき、一人であったなら、妖刀を振り回していたのは、八十八だったかもしれない。

「それは違うな」

天明がきっぱりと言う。

「何が違うのです？」

「八には、助けてくれる人がいたということさ。おれには、いなかった。その挙句が、これだ……」

天明が哀しげに、自分の失われた右腕に再び目をやった。

——そんなことはない。

そう言おうとしたが、思うように言葉が出て来なかった。

「何て顔をしてやがる」

俯く八十八を見て、天明が笑い声を上げた。

「いえ、その……」

「大丈夫だ。おれは、また描く。腕は一本なくなっちまったが、お陰で新しい何かが見えそうだ」

天明の朗らかな声が、本心から来るものなのか、空元気なのか、八十八には分からなかった。

「おれから、八に謝っておかなければならないことがある」

ひとしきり笑ったあと、天明は神妙な顔で言った。

「何でしょう？」

八十八は、しゃんと背筋を伸ばす。

「八には、天賦の才がある」

「いいえ、私などは……」

「謙遜するな」

「そうではありません。私の絵に力がないのは事実ですから……」

「この前、八の絵には魂がないと言ったが、そんなものは必要ない」

「え？」

「人には得手不得手がある。八は、憤怒や憎しみではなく、人の心を癒す優しい絵を描けばいい——」

「はい」

八十八は、天明の言葉を噛み締めるように頷いた。

自分に無い何かを求め、狩野遊山の言葉に惑わされてしまった。しかし、無いものを求めるより、あるものを活かす道だってあるはずだ。

本心から、そう思うことができた。

ほどなくして八十八は暇を告げて、伊織とともに部屋を出た。

「私も、まだまだ精進が必要ですね――」

廊下を進んでいた伊織が、ふと足を止めて言った。

「え？」

「狩野遊山に、赤子のようにあしらわれて、自信を失っていました。剣を諦めようとすら……」

「伊織さん……」

あのとき、伊織は狩野遊山に手も足も出なかった。

あれだけの力の差を見せつけられては、自信を失うのも致し方ないことだ。

「でも、天明さんを見ていて、考えが変わりました。まだ、私にも何か摑めるかもしれません」

伊織が浮かべた笑みは、実に晴々としたものだった。

「そうですね」

八十八は、笑顔で頷いた。

伊織がまだ頑張るというなら、八十八もまだまだ絵を描かなければならない——そう思った。

診療所の外に出ると、夏の眩しい日射しの中に立つ、浮雲の姿があった。

墨で眼を描いた赤い布を巻き、自らの赤い眼を隠している。

狩野遊山が、影の存在だとしたら、浮雲は光なのかもしれない。浮雲あっての遊山であり、遊山あっての浮雲——切っても切れない、表裏一体のもののように思える。

「で、どうだった？」

「思ったより、元気なようでした」

浮雲が訊ねてきた。

「そうか」

短く言った浮雲は、瓢に直接口をつけ、ゴクリと酒を呑んだ。

「あの。一つ訊いていいですか？」

八十八が言うと、浮雲は着物の袖で口を拭い「何だ？」と口にする。

「佳の江さんと、赤子はどうなったんですか？」

この前の夜、あの母子を救うことができたが、それは一時のことに過ぎない。その存在が疎まれているのであれば、これからも命を狙われ続けることになる。

「案ずるな」

「しかし……」

「あの親子は、玉藻が隠した。そうそう見つからんさ」

「そうでしたか」

八十八は、ほっと胸を撫で下ろした。

楽観しているのかもしれないが、玉藻であれば、あの母子をうまく匿(かくま)ってくれるような気がする。

歩き出そうとした浮雲を、八十八は慌てて呼び止めた。

「もう一つ訊いていいですか?」

「何だ?」

浮雲が、面倒臭そうに顔を歪める。

「土方さんは、妖刀を——村正を持って行ったんですか?」

八十八は、土方が時折見せる顔に、狩野遊山と通じる影のようなものを感じていた。

特に、村正を手にしたときの恍惚とした表情には、背筋が凍った。もしかしたら、土方は妖刀村正に、惑わされてしまったのではないかとすら思えた。

「さあな——」

浮雲は、ふんっと鼻を鳴らす。

「なんていい加減な……」

「八が心配することはねぇよ」

「なぜです？　もしかしたら、土方さんも妖刀に惑わされて正気を失ってしまうかもしれません」

「それはない」

浮雲がきっぱりと言う。

「なぜ、そうと言い切れるんですか？」

「歳三の心はすでに……」

「何です？」

「歳三は、妖刀なんぞに惑わされないと言ってるんだ——」

浮雲は投げ遣りに言うと、スタスタと歩いて行ってしまった。

何だか誤魔化(ごまか)されたような気がして釈然としない。だが、浮雲のことだから、これ以上問い質(ただ)したところで、何も答えてはくれないだろう。

八十八は、伊織と顔を見合わせたあと、浮雲のあとを追って歩き出した。

チリン——。

遠くで、鈴の音が聞こえた気がした——。

あとがき

『浮雲心霊奇譚　妖刀の理』を読んで頂き、ありがとうございます。

前回のあとがきにて、本作を書く為に、無謀にも剣術道場の門戸を叩いたというお話をさせて頂きました。

この剣術道場では、型や素振りは、主に木刀を使い、抜刀、納刀、抜き付けは、居合い刀という、刃を潰した刀を使用しての稽古になります。

木刀や居合い刀を用いているときは、どこか刀を道具として捉えている節がありました。

しかし、あるとき、実際に江戸時代に使用されていたという、真剣に触れさせてもらう機会がありました。

鞘から引き抜かれた刀身を見た瞬間、私の中にあった道具という感覚が、一気に消し飛びました。

かつて、人を斬ったであろうその刀が放つ、妖しげな光に、私は目を奪われました。

怖ろしい――。

それが、最初の感想でした。

数多（あまた）の血を吸ったであろうその刀身は、禍々（まがまが）しく、持つ手が思わず震えるほどでした。

同時に、美しい——とも感じました。

これまで、多くの歴史的な遺物を目にして来ましたが、そうしたものとは明らかに違う何かがそこにはありました。

もしかしたら、そこに宿っているのは、この刀に斬られた人の情念のようなものだったのかもしれません。

刀は、単なる道具ではなく、当時の人を映す鏡であるようにも感じられました。

そう考えると、剣術というのは、格闘技の技といったスポーツ的なものではなく、生きることに対する執着のようにも思えました。

この感覚を、何とか表現できないものか——と試行錯誤しながら書いたのが、本作だったような気がします。

私が味わった感覚が、少しでも皆様に伝われば幸いです。

さあ、次はどんなモチーフで物語を紡ごうか——。

待て！　しかして期待せよ！

天然理心流心武館館長、大塚篤氏には
取材に全面的に協力いただき、大変お世話になりました。
この場を借りて、お礼を申し上げます。

神永学

初出誌「小説すばる」
「辻斬の理」二〇一五年三月号
「禍根の理」二〇一五年六月号
「妖刀の理」二〇一五年九月号

この作品は二〇一六年一月、集英社より刊行されました。

集英社文芸単行本　神永学の本

浮雲心霊奇譚
菩薩の理

夜ごと、無数に現われる赤子の霊におびえる男。
八十八とともに憑きもの落としに
関わった浮雲は、その背後に妖しげな人物の
邪気を察知するが…!?（「菩薩の理」）
土方歳三に加え、少年剣士・沖田宗次郎も活躍!
全3編収録の浮雲シリーズ第3弾!!

集英社文庫　目録（日本文学）

鎌田實　あきらめない
鎌田實　それでもやっぱりがんばらない
鎌田實　ちょい太でだいじょうぶ
鎌田實　本当の自分に出会う旅
鎌田實　なげださない
鎌田實　たった1つ変わればうまくいく 生き方のヒント幸せのコツ
鎌田實　いいかげんがいい
鎌田實　がんばらないけどあきらめない
鎌田實　空気なんか、読まない
鎌田實　人は一瞬で変われる
鎌田實　がまんしなくていい
神永学　イノセントブルー 記憶の旅人
神永学　浮雲心霊奇譚 赤眼の理
神永学　浮雲心霊奇譚 妖刀の理
加門七海　うわさの神仏 日本闇世界めぐり
加門七海　うわさの神仏 其ノ二 あやし紀行
加門七海　うわさの神仏 其ノ三 江戸TOKYO陰陽百景
加門七海　うわさの人物 神霊と生きる人々
加門七海　怪のはなし
加門七海　猫怪々
加門七海　霊能動物館
香山リカ　NANA恋愛勝利学
香山リカ　言葉のチカラ
香山リカ　女は男をどう見抜くのか
川上健一　宇宙のウインブルドン
川上健一　雨鱒の川
川上健一　ららのいた夏
川上健一　翼はいつまでも
川上健一　四月になれば彼女は
川上健一　渾身
川上弘美　風花
川西政明　決定版 評伝 渡辺淳一
川端康成　伊豆の踊子
川端裕人　銀河のワールドカップ
川端裕人　今ここにいるぼくらは
川端裕人　風のダンデライオン 銀河のワールドカップ ガールズ
川端裕人　雲の王
川端裕人・三島和夫　8時間睡眠のウソ。 日本人の眠り、8つの新常識
川端裕人　天空の約束
川村二郎　孤高 国語学者大野晋の生涯
川本三郎　小説を、映画を、鉄道が走る
姜尚中　在日
姜尚中・森達也　戦争の世紀を超えて その場所で語られるべき戦争の記憶がある
姜尚中　母―オモニ―
姜尚中　心
神田茜　ぼくの守る星
木内昇　新選組 幕末の青嵐
木内昇　新選組裏表録 地虫鳴く

集英社文庫　目録（日本文学）

集英社文庫　目録（日本文学）

北方謙三　棒の哀しみ
北方謙三　君に訣別の時を
北方謙三　楊令伝　一　玄旗の章
北方謙三　楊令伝　二　辺烽の章
北方謙三　楊令伝　三　盤紆の章
北方謙三　楊令伝　四　雷霆の章
北方謙三　楊令伝　五　猩紅の章
北方謙三　楊令伝　六　徂征の章
北方謙三　楊令伝　七　驍騰の章
北方謙三　楊令伝　八　箭激の章
北方謙三　楊令伝　九　遥光の章
北方謙三　楊令伝　十　坡陀の章
北方謙三　楊令伝　十一　傾暉の章
北方謙三　楊令伝　十二　九天の章
北方謙三　楊令伝　十三　青冥の章
北方謙三　楊令伝　十四　星歳の章
北方謙三　楊令伝　十五　天穹の章
北方謙三・編著　吹毛剣　楊令伝読本
北方謙三　岳飛伝　一　三霊の章
北方謙三　岳飛伝　二　飛流の章
北方謙三　岳飛伝　三　嘶鳴の章
北方謙三　岳飛伝　四　日暈の章
北方謙三　岳飛伝　五　紅星の章
北方謙三　岳飛伝　六　転遠の章
北方謙三　岳飛伝　七　懸軍の章
北方謙三　岳飛伝　八　龍蟠の章
北方謙三　岳飛伝　九　曉角の章
北方謙三　岳飛伝　十　天雷の章
北方謙三　岳飛伝　十一　烽燧の章
北方謙三　コースアゲイン
北方謙三　岳飛伝　十二　飄風の章
北方謙三　岳飛伝　十三　蒼波の章
北方謙三　岳飛伝　十四　撃撞の章
北方謙三　岳飛伝　十五　照影の章
北方謙三　岳飛伝　十六　戎旌の章
北上次郎　勝手に！　文庫解説
北川歩実　金のゆりかご
北川歩実　もう一人の私
北川歩実　硝子のドレス
北村　薫　元気でいてよ、R2-D2。
北森　鴻　メイン・ディッシュ
北森　鴻　孔雀狂想曲
城戸真亜子　ほんわか介護
木村元彦　誇り　ドラガン・ストイコビッチの軌跡
木村元彦　悪者見参
木村元彦　オシムの言葉
木村元彦　蹴る群れ
京極夏彦　どすこい。

S 集英社文庫

浮雲心霊奇譚 妖刀の理

2018年2月25日　第1刷　　定価はカバーに表示してあります。

著　者　神永　学
発行者　村田登志江
発行所　株式会社 集英社
東京都千代田区一ツ橋2-5-10　〒101-8050
電話　【編集部】03-3230-6095
【読者係】03-3230-6080
【販売部】03-3230-6393(書店専用)

印　刷　凸版印刷株式会社
製　本　凸版印刷株式会社

フォーマットデザイン　アリヤマデザインストア　　マークデザイン　居山浩二

ISBN978-4-08-745698-1 C0193